한국 희곡 명작선 36

낙원상가

정상미

평민사

정상
그

樂園喪家

(※제38회 대한민국연극제 경기도대회 희곡상 수상)

등장인물

장기풍 - 1943년생. (76세) 정도 허풍도 많은 현역(이고픈) 색소
  포니스트
김주식 - 1940년생. (79세) 옹고집쟁이에 자존심 센 월남참전
  용사
최만둥 - 1940년생. (79세) 넉살 좋은 수전노에 '짤짤이 순례자'
이말자(이문희) : 1944년생. (75세) 예쁘장한 종로일대 박카스
  아줌마
심남순 - 1944년생. (75세) 탑골 · 종묘광장공원 일대에서 커피
  나 술 등을 팔아 수당을 받는 일명 "삐끼"의 억척스런 여자

때

현대 늦여름부터 가을초입까지

장소

종로 낙원악기상가와 탑골공원 돌담 사이의 장기판 거리, 탑골공
원 내부(원각사지 10층석탑 앞), 종묘광장공원 내부

탑골공원 동문 근처 돌담길 장기판 거리.
하수 안쪽 위로 '낙원악기상가' 글씨가 크게 보인다. 무대 중앙
안쪽으로는 '장수이용원'의 이발소기둥이 돌아가고 '종묘십전대
보탕' 간판 아래 커피 1000원, 쌍화차 · 생강차 1500원, 십전대보
탕 3000원 등이 쓰여 있는 종이가 붙어 있다. 바로 옆 '대명국밥'
간판 아래는 콩나물해장국 · 우거지국밥 · 선지해장국 2000원이
쓰여 있고, '훈이네' 잔술집 간판 아래엔 한잔 막걸리, 한잔 소주
1000원, 막걸리 2000원 등이 쓰여 있다.
상수 안쪽엔 커피 자판기가 두 대 있는데, 각 윗부분에 '단 커피',
'쓴 커피' 표시가 크게 붙어 있다.
상수 안쪽에서 중앙까지 탑골공원의 돌담이 이어져 있고 상수
앞쪽은 종묘광장공원 방향으로 길이 나다.
무대 중앙 가운데 부분엔 장기판으로 쓰이는 간이테이블 세 개
와 의자가 띄엄띄엄 놓여 있고, 가운데 테이블은 극의 진행에 따
라 무대 앞쪽으로 이동하여 사용한다.

1.

탑골공원 돌담길 아래의 장기판 일대.

자동차 소리, 사람들 지나가는 소리, 비둘기 소리 등 도심의 소음이 적당히 들리지만 이곳과는 전혀 무관하다.

탁탁, 탁탁탁…… 장기 두는 소리가 도심 소음 속에 가득 채워오면 무대 밝아지고, 장기판을 벌이는 수많은 노인들이 무리지어 곳곳에 모여 있다.

무대 가운데 앞쪽 장기판에 기풍과 주식이 마주앉아 있고, 그 가운데 쪼그리고 앉아 구경하는 만동이 이야기를 나누며 장기를 두고 있다.

기풍은 무대의상처럼 선명한 색상의 양복을 입고 있고, 주식과 만동은 등산복 같은 편한 옷차림이지만, 만동의 행색이 좀 더 초라한 느낌을 준다. 주식의 왼쪽 가슴에 달린 하늘색 훈장이 눈에 띈다.

기풍, 장기 한 수 두고 기다리다가 이내 자신의 주머니에서 휴대용 라디오를 꺼내 음악을 튼다. 박향림의 "오빠는 풍각쟁이야~"가 흘러나온다.

기풍 (따라 부르며) 오빠는 풍각쟁이야~

만동 (옆에서 코러스 맞춰주며) 뭐~

기풍 오빠는 심술쟁이야~

만동	뭐~
기,만	난 몰라 난 몰라 내 반찬 다 뺏어 먹는 건 난 몰라~
주식	(짜증을 내며) 아, 정신 사나워!
기풍	그러게 빨리 두면 되잖아. 기다리다 지루하니까 음악이라도 듣고 있어야지.
주식	음악을 들어도 꼭 그런……
기풍	아니 이게 어때서? (만동에게) 안 그래?
만동	(기풍의 기분에 맞추며) 그럼, 그럼, 얼마나 좋아. 신나고.
주식	(만동에게 핀잔하는 투로) 얼씨구. (한 수 둔다)
기풍	(받으며 주식을 약 올리듯) 절씨구.
주식	(장기판 보고 인상 쓰며) 허, 그 참…….
기풍	근데 왜 요즘 박 씨는 안 보이는 거야?
만동	그러고 보니 요즘 안 나타난 지 좀 됐네?
기풍	늘 보이던 양반이 안 보이니 좀 그러네.
주식	(여전히 장기판 노려보며) 그러긴 뭐가 그래. 여기 왔다가 안 나오는 사람이 한둘도 아니고. 이 나이, 언제 사라져도 이상할 것도 없지, 뭐.
만동	(주식을 달래며) 아, 형님 말씀 참 무섭게 하시네. 사라지다니. 그냥 어디 좋은 데 놀러갔나 보지.
주식	나이도 같으면서 형님은 무슨…….
만동	(넉살 좋게) 여기 훈장 단 분이 형님밖에 더 있수?
주식	(싫지 않은 듯 헛기침만) 으흠.
만동	(주식을 추켜세우듯) 이 인헌무공 훈장을 아무나 받나? 미국

도 이긴 베트콩들 무찌른 용사만 받을 수 있는 걸, 여기 중에 있으면 어디 나와 보라 해.

기풍　첫, 왕년에 월남 안 가고 중동 안 간 사람도 있나?

주식　그래서 자넨 어딜 갔다 왔는데?

기풍　(할 말이 없어) 아, 안 뒤?

주식　(자신의 하늘색 훈장을 치며) 이런 거 받아 봤어?

기풍　장기 두는 사람 어디 갔나?

주식　(다시 장기판에 시선 두며) 급하긴, 좀만 있어 봐.

기풍　좀만 있어 보면 뭔 수가 나와? (살짝 약 올리며) 내가 한 수 가르쳐 줘?

주식　(발끈하며 일어선다) 뭐? 내가 일곱 살 때부터 장기 두던 사람이야. 누가 누굴 가르쳐?

만동　(재빨리 일어나 주식을 말리며) 에이 형님도…… 그냥 하는 소리 같고…….

주식　내가 저기 어디야, 을지로에 삼국기원 있을 때 거기 모인 고수들도 막 가르치고 그랬던 사람이야.

만동　아무렴! 그때 우리 형님 유명했지!

기풍　(만동에게) 봤어? 가르치는 거 봤냐고.

만동　꼭, 봐야 아나? 딱, 보면 알지!

기풍　(어이없어 그저 웃기만) 어련하시겠어. (주식에게) 내 실수했소. 그러니 얼른 앉아서 한 수 가르쳐주셔.

주식　(한풀 꺾여 자리에 앉는다) 그걸 못 기다려서…….

만동　(능글맞게) 열도 식힐 겸 시원한 막걸리 한잔 어때?

주식	열은 누가 났다고 그래? 누가 들으면 꼭 자네가 살 것처럼 들리는구먼.
만동	(비굴하게) 내가 돈이 어디 있다고, 잘 알면서…….
주식	알긴 누가 알아?
기풍	다 알지. 최 씨 돈 안 쓰는 거야 이 종로 일대 모르는 사람이 어디 있다고.
주식	(처음으로 웃으며) 거 말 한번 잘했네.
만동	안 쓰는 게 아니고 못 쓰는 거지. 먹고 죽을 것도 없는 사람한테…….
기풍	(품에서 천 원 지폐 한 장 꺼내서) 난 오늘 왈츠수업 때문에 곧 일어나야 하니, 막걸리는 됐고 (자판기 커피 가리키며) 저 달달한 커피나 한잔 하고 가야겠어. (만동에게 건네준다)
만동	(돈 받고) 역시 예술가는 나이가 들어도 예술가야!
기풍	형씨들도 여기 하루 종일 앉아 장기만 두지 말고 저기 복지회관 가서 뭐라도 좀 배워. 나이 들어도 사람은 계속 배워야지.
주식	다 늙어서 가는 날만 기다리는 노인네가 더 배워 뭐하게?
기풍	뭐하긴? 연애하지!

만동과 주식, 놀라서 기풍 본다.

만동	(자판기 가려다 말고) 여, 연애?
기풍	(어깨 힘주고) 삐씨, 라고 들어봤나?

만동　삐씨?

기풍　그래 삐씨. 내가 삐씨야, 삐씨!

만동　그게 뭔데?

기풍　이 노인네들! 이렇게 요즘 시대를 몰라서야. 삐씨, 복지관 커플! 복지관에서 만난 여자랑 연애하는 사이라고!

만동　거기 애인 생겼다는 소리야?

기풍　이제야 말귀를 좀 알아먹네. 복지관에서 만난 참한 여자랑 커플 됐다, 이 말이야.

주식　가지가지 하네…….

기풍　여기서 왼종일 이러지들 말고 왈츠 한번 배워 봐. 그게 운동 되지, 치매 예방 되지, 여자들도 제법 온다고. 제기동 콜라텍 그런 데랑 차원이 달라.

주식　기껏해야 춤 교실이구먼.

기풍　그냥 춤이 아니래두! 왈츠야, 왈츠! 사교댄스라고도 하지.

만동　나팔도 모자라 춤까지! 대단하네~

기풍　무식하게 나팔이 뭐야. 색소폰!

주식　뒤늦게 춤바람 위험한 거 몰라? 꽃뱀한테 물리지나 말어.

기풍　생각하고는! 복지관 오는 여자들이 저기 지하철역 여자들하고 같은 줄 알아?

주식　다를 건 뭐야?

기풍　참하지, 교양 넘치지, 우리 같은 할배들에게 뭐 안 팔지…… 게다가 우리 문희 씨는 고와. 아주 이뻐!

주식　우리 문희 씨? 다 늙어서 주책맞게.

기풍   늙는 것도 서러운데 언제까지 장기만 두고 살아? 여자 손도 잡고 품에 안아도 보고 살도 좀 비벼봐야지.

만동   맞다 맞아! 난 인제 기억도 안 나. 마지막으로 여자 손 잡아본 지가……

주식   (만동의 말 자르며) 언젠지 알면 어떡할 건데? 얼른 가서 커피나 뽑아 와. 또 혼자만 300원짜리 뽑아오지 말고.

만동   아 그땐 실수로 그랬다니까.

주식   어째 실수가 매번 똑같을까.

기풍   자기 마실 것만 300원짜리 고급커피, 우린 건 200원짜리 일반커피.

주식   박 씨 있었어봐. 또 한바탕 난리 났지.

기풍   (박 씨 흉내 내며) 자네만 입이고 우린 주둥이야? 어?!

주식   (웃으며) 그게 아니지! 이 판부터 엎었지.

기풍   맞다. 박 씨 없으니 판 엎어질 일은 없겠네. (손목시계 보더니) 아이고, 벌써 시간이 이리 됐어. 하여간 여기만 앉아 있음 시간이 물처럼 술술 흘러간다니까. (일어서며 만동에게) 오늘은 특별히 내 몫까지 다 마셔. 300원짜리 고급커피로다.

만동   (기풍의 뒤로 가서 옷매무새 다듬어주며) 역시 예술가 선생은 배포도 남달라.

주식   아, 장기 두다 말고 가긴 어딜 가?

기풍   이대로라면 왈츠수업 갔다 와서 해도 되겠어.

주식   뭐?

기풍	우리 문희 씨 기다린다 이 말이야. (만동에게) 커피 내 몫까지 마실 테니 이것도 내 대신 좀 해줘. 괜히 져주지 말고.
주식	져주긴 누가 져줘?
기풍	그럼 내일 봅시다!

기풍, 자리를 뜨면 기풍의 자리에 만동이 자연스럽게 앉는다.

주식, 떠난 기풍을 향해 화를 내려다가 맞은편에 착석한 만동을 보고 말문이 막힌다.

아랑곳하지 않고 천연덕스럽게 장기판을 보고 있는 만동.

주식	(기풍을 향해 혼잣말로) 저 뺀질한 한량이. (만동에게) 커피는?
만동	이 판마저 두고 마셔도 되잖아. 급한 일도 없는데…….
주식	이거 다 두고 마시는 거야. 또 얼렁뚱땅 넘어갈 생각 말어.
만동	내가 언제 또 얼렁뚱땅 넘겼다고 그래.
주식	전에 박 씨 거스름돈 먹어서 박 씨 난리친 거 기억 안 나?
만동	그땐 실수로 깜빡한 거라니까.
주식	어째 실수가 매번 똑같을까. 혼자 비싼 커피에, 남의 돈 얼렁뚱땅 삼키는 거에.
만동	남들은 나이 들면 기억력이 떨어진다던데 어찌 형님은 날이 갈수록 총명해지는 것 같아. 역시 무공훈장 받은 국가유공자는 남다르다니까.
주식	(만동의 아부에 누그러지며) 말이나 못하면…… (다시 장기 두면

서) 근데 정말 박 씨는 왜 안 보이는 거야?

만동   그걸 알면 내가 요 앞에 자리 폈지.

주식   옆에서 귀 아프게 소리치는 사람이 있다가 없으니 영 허전하긴 하네.

만동   (장기 알을 탁, 소리 나게 두며) 장군이요!

주식   (당황하며) 이, 이거…… (발끈하며) 사람 말하고 있는데 은근슬쩍 말을 움직이는 경우가 어디 있어?

만동   (어이없는) 그 말하고 이 말이 무슨 상관이라고…….

주식   안 돼. 취소. 한 수 물려.

만동   이런 경우가 어디 있어.

주식   장기 다 두고 막걸리 안 마실 거야?

만동   (표정 풀리며) 그럼 또 말이 다르지. 형님, 해장국 추가하고 두 수 물릴까?

주식   한 수만 물려!

실망한 만동, 한 수 물린다.

주식, 다시 골몰한 표정으로 장기를 두기 시작한다.

왈츠곡이 흐르는 가운데 암전.

2.

종묘광장공원 일대.

조명 밝아지면 한적한 공원을 거닐고 있는 기풍과 말자.

기풍은 1장의 양복차림에 멋진 페도라모자를 쓰고 있다.

단정한 옷차림에 곱게 화장을 한 말자, 얼굴에 주름이 가득하지만 젊었을 때 미인이었음을 알 수 있을 만큼 여전히 예쁘다. 말자의 한 손엔 스타벅스 커피잔이 들려 있다.

말자 장 선생님은 날이 갈수록 실력이 느는 것 같아요.

기풍 그야 파트너 잘 만난 덕이죠. 이 여사님이 워낙 잘 맞춰주니까.

말자 무슨 말씀을요. 전 장 선생님이 이끄시는 대로 따라가기 바쁜 걸요. (사이) 날이 참 좋네요. 이런 날은 밤새도록 걸을 수 있겠어요.

기풍 이 여사님은 정말 소녀 같으십니다.

말자 어머, 이 나이에 소녀는…… 누가 들으면 어쩌시려고.

기풍 들을 테면 들으라지요. 나이가 무슨 상관입니까. 가슴이 이렇게도 뜨거운 것을…….

말자 그래도 전 누가 들을까 부끄럽네요.

기풍 그러니 더 소녀 같으시죠. (말자를 보고) 저…… 문희 씨라고 불러도 되겠습니까?

말자　(놀라며) 네? 무, 문희 씨…… 라니…….

기풍　네, 문희 씨. 그 예쁜 이름 안 부르고 그냥 놔두기 너무 아깝잖아요.

말자　(감격하여) 그런 말, 해준 사람…… 장 선생님이 처음이셔요.

기풍　이거 영광인데요, 문희 씨.

말자　그럼 저도…… 기…… 풍 씨라고…… 불러도 될까요?

기풍　물론이죠, 문희 씨. 바라던 밥니다.

말자　그, 그럼…… (수줍게) 기, 기…… 풍 씨…… (순간 얼굴 빨개지며) 에그 망측하여라!

기풍　이거 기분이 날아갈 것 같은데요? 다음 주엔 스텝 밟기도 전에 날아갈지도 모릅니다. 하하하.

사이. 갑작스런 침묵이 어색한 두 사람. 이제 막 시작한 연인 같다.
말자, 손에 들던 커피잔을 다른 손으로 바꿔 들어 빈손이 기풍 옆이 된다.
서로 말은 하지 않지만 손잡을 단계임을 느끼는 두 사람.
기풍, 말자의 손을 잡으려는데 휴대폰 알람이 울린다.

기풍　(휴대폰을 확인하는 척하며) 이런! 큰애한테 온 연락을 깜빡하고 있었네요. 미국에 있는 손자가 방학이라 들어와서 오늘 외식인가 뭔가 한다고…… 지들끼리 먹으라고 해도 꼭 같이 먹자 성화네요. 매일같이 얼굴 보고 살면 됐지.

말자　어머, 자제분과 함께 사세요?

기풍	늙은이랑 사는 거 재미없으니 나가 살겠다 해도 못 나가게 말립니다. 이제 혼자 좀 자유롭게 살고 싶은데 말이죠.
말자	요즘 세상에 부모 모시려는 자식들도 다 있고…… 장 선생님, 아니 기풍 씨는 정말 복 받으셨네요.
기풍	아이구 아닙니다. 며느리가 아무리 잘해줘도 어디 마누라만 하겠습니까.
말자	그래도요…… 기풍 씨는 정말 모든 사람들의 이상형이셔요.
기풍	문희 씨는 저의 이상형이시고요.
말자	(기풍의 고백에 좋아서 어쩔 줄을 모른다) 아까부터 계속 사람 부끄럽게…….

말자, 용기 내어 기풍 옆으로 더 가까이 다가서려는데
기풍, 한 발 물러서며 선을 긋는다.

기풍	늦기 전에 이만 가봐야겠습니다. 조금만 늦어도 며느리 눈총이 따가워서…….
말자	(무안함을 감추며) 아, 네, 얼른 가보셔야죠.
기풍	문희 씨는 집에 안 가시나요?
말자	전 여기 인사동 전시장에 이따 모임이 있어서요. 또 날도 좋으니 지금은 좀 걷고 싶기도 하고요.
기풍	다음 주엔 같이 걸읍시다. 오늘은 약속 때문에…….

말자 가족하고의 약속보다 중한 게 어디 있겠어요. 어서 가
      셔요.

기풍 그럼 다음 주에 만납시다.

기풍, 신사답게 모자를 벗어 인사하고 사라진다.

아쉬움이 가득한 표정의 말자. 기풍이 간 걸 보고 벤치에 앉아 핸
드백에서 박카스 한 병을 꺼내 들이킨다. 그리고 이내 담배를 입에
문다.

담배에 불을 붙이려고 할 때 남순이 다가온다. 깡마른 체구지만 온
몸에서 억척스런 할머니의 기운이 느껴진다.

남순 (박카스 병을 보고) 왜 파는 걸 자기가 마시고 있어?

말자 (얼굴색이나 말투, 싹 바뀌어) 왔어?

남순 어째 일진이 안 좋은 표정이다?

말자 (담배 한 모금 쭉 빨고) 그럼 먹고 살기가 어디 쉽디?

남순 하긴, 그럼 여기 안 있지. (담배 연기 저으며) 금연인 거 몰
      서 이래?

말자 오죽하면 내가.

남순 잘 되는 날도 있고 안 되는 날도 있는 거지. 안 될 때마
      다 피면 벌써 골초 됐게?

말자 골초는 무슨…… 이미 골로 갔지. (다시 한 모금 깊게 빤다)

남순 걸리면 10만원이야.

말자 (마지못해 담배 끄며) 시발, 내 나이에 이거 하나 내 맘대로

못 피고……. (스타벅스 커피 한 모금 마신다)

남순 (말자의 커피잔을 보고) 웬 거야?

말자 이게 요즘 잘 나가는 커피래. 스타박스랬나 뭐랬나…….

남순 그러니까 그게 웬 거냐고.

말자 글쎄 이거 한 잔이 얼만 줄 알아? 4천 원도 아닌 사천백 원이랜다.

남순 (놀라며) 뭐? 사천백 원? 말세다 말세.

말자 내가 이놈의 박카스 한 상자 사서 열 병 다 팔아도 이 커피 한 잔을 못 사 먹어.

남순 (손을 꼽아 계산하며) 사천백 원이면 내가 노랑이커피 몇 잔 팔아야 남길 수 있…….

말자 계산하지 마. 속만 시끄러워.

남순 그래서 이래? 밥보다 비싼 커피 때문에?

말자 커피 사준 놈 때문이지. 영 넘어오질 않네. 이제 나도 한물 갔나보다.

남순 한물이 아니라 백물 천물 건너갔지. 요즘 지하철역 가봐. 60대 년들이 확 늘었어. 그것들 나이도 어린데 식당에 가서 그릇이나 좀 닦지. 언니들 밥그릇이나 뺏고. 뒤질 년들.

말자 오죽하면 걔들도.

남순 우리가 지금 남 걱정할 때야? (말자의 커피 보며) 어디 나도 그 비싼 커피 한 모금 마셔보자. 금가루라도 들었어?

말자 (남순에게 커피를 건네주며) 금가루는 얼어 죽을…….

남순 (한 모금 마시자마자 인상 찌푸린다) 크흐…… 뭐가 이렇게 써…….

말자 그게 미국사람들이 먹는 커피래. 아…… 아메…… 뭐라 했는데.

남순 요즘 것들 간도 크다. 이 쓴 거를 그 비싼 돈 주고 사먹고…….

말자 우리한테나 사천 원이 큰돈이지, 가보니까 찻집 안에 사람들이 바글바글 해.

남순 썩을 것들. 내 입엔 그냥 달달한 노랑이가 딱이네. (질린 듯이) 근데 이제 그것도 하도 많이 마셔서 속이 다 쓰리다 못해 느글느글 해.

말자 미련하게 그걸 왜 다 마셔? 마시는 시늉만 해. 어차피 매출만 올려주면 되잖아.

남순 남겨봐. 할배들이 나이 들수록 쪼잔해 갖고 남기면 남긴다고 지랄들이야. 다신 안 사준다면서…… 그러니 별 수 있어? 느글거려도 다 마셔야지.

말자 그까짓 천 원짜리 커피 사주면서 온갖 생색은…… 하여간 냄새 나는 좀팽이들.

남순 그 사천 원 할배는 커피도 밥도 다 잘 사주나봐?

말자 사천 원 아니고 사천백 원.

남순 잘났다.

말자 몰라. 이제 두 번 만났는데 뭐.

남순 어디서?

말자	(경계하며) 왜 물어?
남순	걱정 마. 안 넘봐. 종로에서 장사 하루 이틀 해?
말자	(약간 머뭇거리며) 장사 아니야. (사이, 조심스럽게) 사랑이야.
남순	(커피 마시다가 뿜는다) 뭐, 뭐?
말자	(표정이 진심이다) …… .
남순	(사이, 기가 차서) 지랄 싼다.
말자	…… .
남순	지나가는 개도 놀라 거품 물고 자빠질 소리 그만 처하고 정신 차려. 여기까지 흘러들어온 년은 이제 갈 데도 없어.
말자	…… 누가 몰라?
남순	(말자를 빤히 보다가) 여자든 남자든 얼굴 반반하면 얼굴값 한다더니, 그건 나이 먹어도 어쩔 수 없나보네.
말자	(약간 표정 밝아지며) 그래도 아직 반반하긴 한가봐?
남순	미친년. 사과도 오래 되면 단물 빠지고 쭈글쭈글 해져서 누가 줘도 안 먹어.
말자	쌍년, 말하는 거 하고는.
남순	사천백 원이 그렇게 맘에 들어?
말자	멋있어. 색소폰도 불 줄 알고 춤도 잘 춰.
남순	놈팽이 아니면 한량이네.
말자	(자랑하듯) 강남 아파트에 살고, 매달 연금도 꼬박꼬박 나오고. 오늘은 미국에서 손자 왔다고 외식한다며 갔어.
남순	그걸 믿어? 여기 종로바닥에서 고향에 자기 이름으로 된

땅이나 산 없는 노인네들 있어? 죄다 연금 두둑하게 나오고, 미국 영국 호주에 자식들 다 있지.

말자 그 사람은 진짜야.

남순 일흔다섯 개나 되는 나이를 다 어디로 처먹은 거야?

말자 배 아파?

남순 미친년!

말자 배 아플 것 없어. 아직 안 넘어왔다니까.

남순 (포기하고 핸드백에서 화장품 꺼내 얼굴 고치며) 뭐, 사천백 원이 넘어와서 자기가 여기 뜨면 입 하나 줄어드니 나야 좋지. 그나저나 박 씨가 요즘 통 안 나와.

말자 쌍화차 사준다는 할배?

남순 쌍화차 말고 십전대보탕! 그래봤자 그것도 사천백 원보단 싸네. 그래도 그게 커피 세 잔 값이라 마진이 제일 큰데. 요즘 들어 장기판에 안 나와. 그새 골로 갔는지, 아직 그럴 양반 아닌데…… 그래서 공원 쪽으로 옮긴 건데 영벌이가 안 돼. 다시 장기판 쪽으로 가야겠어.

말자 거기 할배들 천진데 안 무서워?

남순 이 나이에 무서울 게 아직도 남았어?

말자 냄새도 지독하고.

남순 이거 이거, 사천백 원 뜬구름이 걷혀야 정신 차리겠네. (가방 챙기며) 60대도 모자라 50대 중국, 동남아 년들도 여기저기 나타나는 판국이야. 우리가 언제까지 여기 있을 수 있을 것 같애? 잘 서지도 않는 할배들, 그것들도 남자

라고 우리보다 한 살이라도 어린 영계 찾더라. 정신 바
짝 차려. 먼저 간다.

말자   잠깐만. (핸드백에서 자신의 빨간 립스틱 꺼내주며) 그 색깔 안
어울려. 요걸로 바꿔 바르고 가.

남순   (받아서 입술화장을 고친 다음 다시 돌려주며) 좀 나아?

말자   훨씬.

남순   (거울 보며) 어째 쥐잡아먹은 것 같아.

말자   빨개야 남자를 홀리지.

남순   미친년. 아무튼 정신 차려. 나 진짜 먼저 가.

남순, 머리 다듬고 일어나 (보이지 않는) 할배에게 말 걸면서 사라
진다. "잘생긴 오빠! 오랜만에 왔네. 나 커피 한 잔 사줘."
혼자 남은 말자, 거울 꺼내 화장을 고친다. 새빨간 립스틱을 덧바르
고 (싸구려) 향수를 온 몸에 과하게 뿌린다. 남은 박카스 개수를 확
인하고 핸드백을 챙겨 일어난다.
송민도의 '카츄사의 노래'가 멀리서 들리는 것 같다.
암전.

3.

암전 속 혹은 뉴스자료화면이 흐르는 가운데 뉴스앵커의 보도.

"최근 종로 일각의 노인들 사이에서 부작용 없이 회춘을 도와주는 불법의약품이 돌고 있다는 제보가 들어왔습니다. 서울시 특별사법경찰이 입수한 제보에 의하면 이 약은 기존의 비아그라와 같은 약물처럼 특정 효능만 있거나 어느 성별에 제한하지 않고, 부작용도 없어 종로 일대에선 '신묘약'으로 통하고 있습니다. 아직 판매책이나 약물 실체 등 어느 것도 확인되지 않은 시점이지만, 이미 종로 일대에 소문이 퍼질 대로 퍼져 건강이 좋지 않은 노인들을 달콤하게 위협하고 있습니다.

이에 특사경은 검증이 되지 않은 성분함유와 종래의 수법처럼 출처불명의, 성분불상의 무표시제품일 가능성이 높으므로 각별한 주의가 필요하다고 강조하며, 한약국 또는 약국이 아닌 장소나 무자격자로부터의 의약품을 구입해 오남용하는 일이 없도록 당부했습니다. 또한 서울시 특사경은 이와 같은 가짜의약품을 판매 적발 시 형사입건 및 행정처분할 수 있음을 밝히며 불법의약품판매 사각지대를 근절해나갈 것이라고 밝혔습니다."

4.

돌담 밑 장기판 일대.

여느 때와 같이 장기를 두고 있는 기풍과 주식, 그리고 가운데 쭈 그리고 앉아 구경하는 만동. '신묘약'에 관한 소문을 알고 난 뒤다. 기풍의 휴대용 라디오에선 오기택의 '아빠의 청춘'이 나지막이 흐르고 있다.

기풍   (흥얼거리며 장기를 두는) 원더풀 원더풀 아빠의 청춘~

만동   (흥을 맞추며) 브라보! 브라보! 아빠의 인생~

주식   (짜증을 내며) 아, 정신 사나워!

기풍   그러게 빨리 두면 되잖아. 기다리다 지루하니까 음악이라도 듣고 있어야지.

주식   음악을 들어도 꼭 그런…….

기풍   아니 이게 어때서? (만동에게) 안 그래?

만동   (기풍의 기분에 맞추며) 그럼 그럼, 얼마나 좋아. 신나고.

주식   (만동에게 핀잔하는 투로) 얼씨구. (한 수 둔다)

기풍   (받으며 주식을 약 올리듯) 절씨구.

주식   (장기판 보고 인상 쓰며) 허, 그 참…….

기풍   근데 왜 계속 박 씨는 안 보이는 거야?

만동   소문 못 들었어?

기풍   무슨 소문?

만동 신묘약인가 뭔가 그거 먹은 뒤부터 안 나오기 시작한 거라는데?

기풍 그럼 그 약이 헛소문이 아니라 진짜야?

만동 그렇다던데?

주식 그렇긴 뭐가 그래? 저기 화장실 가봐. 변기마다 그런 거 파는 전화번호 죄 붙어 있는 거 보고도 몰라?

만동 그런 거랑 다르니까 소문이 났지. 이번엔 진짜래. 종로5가의 양약사랑 경동약령시장 한약사가 좋은 성분만 추출해서 만들었다나 뭐라나.

주식 (비웃으며) 기껏해야 지네나 뱀 가루에 가짜 비아그라나 섞었겠지.

기풍 (놀리듯이) 어찌 그리 잘 알아?

주식 여기서 그런 약 한 번이라도 안 들어본 사람 있으면 나와 보라고 해.

기풍 그래서 형씨도 자셔 보셨수?

주식 내가 그딴 걸 왜 먹어? 쓸데없는 소리 집어치우고 장기나 둬. 장기 두는 사람 어디 갔어?

기풍 내 차례 아니야.

주식 (헛기침하고 다시 장기판에 시선 고정한다) …….

기풍 (만동에게) 박 씬 그 약을 먹었으면 먹었지, 여기 안 올 건 또 뭐야.

만동 매 순간 아랫도리가 불끈불끈 할 텐데 여기 가만 앉아 있을 수 있나. 들리는 얘기론 신설동, 제기동, 영등포 콜

라텍 다 제패하고 조선팔도 여자들을 죄―품고 다닌다
던데.

기풍 (감탄하며) 이야! 그런 약이라면 내가 먹어야 하는 건데!
물론 나야 그 약 없어도 끄떡없긴 하지만.

주식 저, 저 주책바가지 하고는……

기풍 도대체 그 약은 어디서 살 수 있는 거야?

만동 이렇게 귀들이 어두워서야. 그 약이 왜 신묘약이게?

기풍과 주식, 영문을 몰라 만동을 본다.

만동 그게 내가 사고 싶다고 바로 살 수 있으면 신묘약이 아
니지. 최근 오토바이 소리 크게 들은 적 있나?

기풍과 주식, 잠시 생각해 보지만 떠오르지 않는다.

만동 어느 날 갑자기 종묘광장 일대 오토바이 소리가 크게 들
리면 그게 바로 판매상이 떴다는 말인데, 그게 또 아무
나 살 수 있는 게 아닌 거라. 판매상이 딱, 봐서 신묘약에
딱, 맞는 사람이다! 딱, 판단하면 바로 그 사람한테 딱,
가서 약을 판다는 거야. 부르는 게 값인 건 당연지사고.
부작용 없이 20년을 젊게 만들어준다는데 그깟 돈이 문
제겠어?

주식 (피식 웃으며) 20년? 말이 되는 소리를 해야 믿는 척이라도

해주지.

만동 나도 안 봤으니 어디 아나. 소문이 그렇다는 거지.

기풍 그걸 왜 그렇게 숨어서 팔아? 대놓고 팔아야 사람들도 단박에 믿고 파는 이도 돈방석에 바로 앉을 텐데.

만동 요걸 제대로 팔려고 했더니 양방이건 한방이건 다 난리가 난 거야. 환자 끊기면 어떡할 거냐면서. 그러니 숨어서 파는 거겠지. 그리고 뭐 약사랑 한약사가 돈이 아쉽기나 하겠어? 그냥 적임자한테 비싸게 팔고 편하게 살면 그만일 텐데. (주위를 가리키며) 여기 한번 쭈욱 둘러봐. 요새 노인네들 차림새가 말쑥하지? 이게 다 그 판매상한테 잘 보이려고 그러는 거야.

기풍과 주식, 자리에 일어서서 주변을 쭉 둘러보며 무의식적으로 자신의 옷매무새나 머리를 다듬다가 눈치를 채곤 무안한지 괜히 헛기침하며 다시 자리에 앉는다.

만동, 두 사람의 행동이 웃기지만 참고 아닌 척 한다.

주식 (기풍에게) 아 뭐해? 장기 두는 사람 어디 갔어?

기풍 내 차례 아니야.

주식 ……. (묵묵히 판을 보다 장기를 둔다)

기풍 (장기를 두며) 하나같이 촌스럽기는. 평생을 안 꾸미고 살다가 갑자기 치장하려니 그게 돼?

만동 (기풍에게 맞장구치며) 아무렴! 장 씨 정도는 돼야 판매상이 딱 알아볼 텐데.

기풍 (만동의 말에 으쓱해지며) 뭐, 저도 보는 눈이 있으면 알아서 오겠지. 나야 필요는 없지만 말야. 근데 말이야…… 박 씨 행색이 어땠지? 어땠길래 판매상 눈에 띈 거지?

만동 (골똘히 생각하며) 그러게. 한동안 좀 못 봤다고 통 떠오르지가 않네.

주식 눈앞에 안 보이면 바로 잊혀지는 게 인지상정이지, 뭘 떠올리려고 해?

만동 (주식의 말에 동조하며) 하긴, 여기서 잊혀진 사람이 어디 한둘인가?

기풍 (장기알을 튕기며) 에이, 박 씨 때문에 마음만 싱숭생숭하네. 이런 날은 막걸리 한잔 마시고 얼른 털어버려야지.

만동 (반색하며) 캬! 명언이다! 암! 그래야지! 괜시리 마음 싱숭생숭할 땐 막걸리 마시고 싹 털어버리는 게 최고지! 그럼 판 접을까? (하며 장기판에 손을 뻗는다)

주식 (재빠르게 손을 막고 발끈하며) 한참 잘 두고 있는데 접긴 왜 접어? (만동에게 대노하며) 자네 장기판이야?

만동 아니 난 싱숭생숭하다길래…….

기풍 뭐 그렇게 화를 내고 그래? 누가 접는대? (만동에게 만 원짜리 지폐 건네주며) 저기 훈이네 막걸리 두 병이랑 계란후라이 한 접시나 하자고.

만동 (넉살 좋게) 계란후라이인 양도 얼마 안 되고, 고소한 녹두전이 딱이지.

주식   저, 저 자기 돈 아니라고 비싼 안주 고르기는.

만동   이게 나 좋으라고 주문하는 거야? 우리 예술가 선생 배
포 큰 거 알려야 신묘약 판매상도 딱, 하고 알아보지.

기풍   (허세 가득한 목소리로) 내가 언젠 안 그랬어? 뭐 새삼……
녹두전 하나 크게 부쳐달라고 해.

만동, 기풍의 돈을 받아 무대 뒤쪽 '훈이네 잔술집'으로 들어간다.
기풍과 주식, 처음엔 말없이 두다가 서로 자신이 신묘약 적임자임
을 은근히 어필한다.

기풍   (자세를 바로 고쳐 앉아 호흡연습을 시작하며 장기를 둔다) 호오
흡!

주식   (독특한 호흡이 신경에 거슬려) 왜 그래 갑자기?

기풍   이게 색소폰 연주할 때 사용하는 호흡법이야.

주식   근데 장기 두면서 왜 하냐고.

기풍   자고로 모든 연습은 습관이 돼야 실력이 늘거든. (들으란
듯이) 뭐 지금도 주변에선 연주가 수준급이라고 말들 해
주지만 내 스스로가 만족할 수 있어야 말이지. 그러니
별 수 있어? 매순간 연습할밖에.

주식   (기풍의 속이 빤히 보인다) 여기 앉아 이상하게 숨만 쉬지 말
고 아예 나팔을 갖고 와서 불어. 그게 더 눈에 잘 띄겠
구면.

기풍   나팔이 아니고 색소폰! 무식하기는…….

주식   (발끈하며) 무식? (사람들 들으란 듯이) 내가 이래봬도 월남 가
서 '딸라' 벌어와 나라 세운 사람이야!

이때 새빨간 립스틱을 바른 남순이 기풍과 주식이 있는 곳으로 다
가간다.

남순   (기풍과 주식에게) 어느 분들이 이렇게 힘이 넘치시나 했더
니…… 두 분이셨구나. 오랜만이에요. 저 기억 안 나요?

기풍   (남순을 알아보고) 아! 전에 박 씨랑 종종 커피 마셨던?

남순   어머, 기억하시네. 반가워라. (주식에게) 선생님도 잘 지내
셨죠?

주식   선생님은 무슨…….

남순   박 선생님한테 말씀 많이 들었어요. 훈장 받으신 분이
라고…….

주식   (자세를 고쳐 앉으며 근엄한 표정으로) 뭐 대단한 것도 아닌데.

기풍   (주식 약 올리듯) 그래, 별 대단한 것도 아니지.

남순   대단하죠. (주식의 가슴에 달린 훈장을 슬쩍 만지면서) 어머, 이
게 그 말로만 듣던?

주식   (가슴 쫙 펴고) 인헌무공 훈장입니다.

남순   (노골적으로 가슴에 달린 훈장 쓰다듬으며) 처음 봐요. 멋있다.

기풍   (혼잣말처럼) 내세울 거라곤 저거 하나밖에 없지. (남순에게)
요새 박 씨 못 본 지 좀 됐지?

남순   그러게요. 무슨 일 생긴 건 아닌가 걱정도 되고.

기풍 걱정 붙들어 매셔. 조선팔도 콜라텍이란 콜라텍은 죄다 휘젓고 다닌다던데.

남순 그럼 그 신묘약 먹었다는 사람이 진짜 박 선생님이래요?

주식 헛소문이지. 그게 말이 돼?

남순 나도 처음엔 안 믿었는데 요새 하도 얘기가 많이 도니까 긴가민가해요. 아니 땐 굴뚝에 연기 나진 않을 테고.

주식 나이 들면 그냥 드는 거지. 다 늙어 주책 맞게 이상한 약이나 탐내고.

기풍 (기가 차서) 누가 아니래.

남순 약이 별 건가. 먹으면 기분 좋고 몸에 해만 없으면 됐지.

기풍 그 말이 정답이네.

남순 그럼 커피 한 잔씩 할까요? 몸 생각도 할 거면 십전대보탕도 좋고.

기풍 좀 있어 봐. 그보다 더 좋은 거 먹을 테니까.

이때 잔술집에서 만동이 막걸리와 녹두전, 강냉이가 담긴 쟁반을 들고 나온다.
처음엔 남순을 못 보고 예의 넉살로 기풍과 주식에게 오다가, 남순을 보는 순간 첫눈에 반해 순간 얼어버린다.

만동 자, 막걸리가 왔습니다, 막걸리요. 싱숭생숭한 마음 시원하게 한잔 들이키고 싹 털…… (남순을 발견하고 그대로 얼어다가 이내 멍한 표정으로) 어버립시다…….

기풍　왜 이렇게 늦어? (가만 서 있는 만동을 보고) 아, 뭐하고 서 있어?

만동　(정신 차리고 목소리 점잖게 바꾸어) 아, 그게 안에 주문이 밀려서…….

만동의 듣도 보도 못한 점잖은 목소리에 놀란 기풍과 주식.
만동, 능글맞게 점잖은 척하며 다가온다.

만동　자네들 손님이 오셨는데 자리 하나 만들어드리지 않고…….

주식　손님은 우리가 손…….

기풍　(재빨리 주식에게 찡긋, 눈치 주며, 만동에게) 거, 우리 눈치가 짧았어. 내 얼른 의자 하나 마련해오지.

기풍, 근처 장기판 테이블로 가서 쟁반 놓을 의자와 남순이 앉을 의자를 가져온다.

남순　대낮부터 웬 술이에요. 낮술은 에미 애비도 못 알아본다던데.

기풍　우리한테 알아볼 에미 애비가 어디 있겠다고. 이리 와서 앉아.

남순　(수줍은 척하며) 난 술 잘 못하는데…….

만동　(기풍과 주식에게) 술 못하는 숙녀에게 자꾸 권하는 건 예의

가 아니지. 곤란해 하시잖아.

황당한 기풍과 주식, 장기를 멈추고 그저 멍하니 만동을 지켜본다.

만동   (남순에게 중저음의 목소리로 매너 있게) 저, 술이 부담되시면 커피라도…… 커피가 취향이 아니시면 유자차는 어떻습니까?

남순   (만동의 매너가 마음에 든다) 어머, 저 유자차 좋아하는데…….

만동   그럼 여기 말고 종묘공원 쪽에 제가 잘 아는 찻집이 있는데 그리로 가시겠소?

남순   (기풍과 주식의 눈치를 보며) 여기 친구 분들 계시는데…….

기풍   (웃음 참으며) 우린 신경 쓰지 말고 가셔. 유자차도 마시고 이왕이면 몸에 좋은 십전대보탕도 마시고. 아니, 그렇게 아니라 여기 바로 옆 허리우드 클래식 가서 영화 한 편 보고, 요 앞 정육식당에서 수육 한 접시에 따끈한 해장국 한 그릇도 같이 먹고, 건너편 청춘다방 가서 디제이한테 음악신청 하면서 차도 마시면 좋겠네. 아 맞다, 거긴 맥주에 계란말이가 유명하지. (만동에게) 우리 최 사장님, 연금도 많이 받는데 그 정도는 껌 값도 아니지, 안 그래?

만동   (어색하게 웃으며) 허허, 자네도 별 말을…….

기풍   (막걸리 쟁반을 보며) 이거 잘 먹을게. 매번 이렇게 얻어먹어서 미안해. (남순에게) 우리 최 사장님, 종로 일대에 배포

큰 걸로는 남바완이니까 알아서 잘 모시라고.

만동　왜 자꾸 안 해도 될 말을…….

주식　아니 할 말은 해야지! (남순에게) 이 양반, 2천 원짜리 계란 후라이는 싸다고 늘 요 5천 원 하는 녹두전만 시키는 양반이야.

남순　(눈빛이 빛나며) 어머나, 세상에…….

만동　(서둘러 남순에게) 자자, 저 양반들 말은 더 들을 것도 없고 우리 어서 가서 차나 마십시다.

만동, 도망치듯 남순을 데리고 나간다.
기풍과 주식, 고소한 듯 한바탕 웃고 막걸리 나눈다.

주식　손 벌벌 떨면서 돈 꺼내는 모습이 눈에 선하구먼.

기풍　(웃으며) 아깝다. 그걸 직접 못 보다니!

주식　모르지 뭐. 온갖 감언이설로 여자 지갑 열게 할지도.

기풍　어림없는 소리. 감언이설 할애비가 와도 절대 지갑 열 여자들이 아니지. 그럴 거면 여기 안 왔지.

주식　하긴, 냄새 나는 영감한테 어느 여자가 돈을 쓰겠다고. 자네 애인은 좀 쓰나?

기풍　우리 문희 씨야 여기 오가는 여자들이랑은 다르지! (자랑하듯이) 돈보다 마음을 더 원하는 여인이라고 할까?

주식　돈이 곧 마음이지. 다 알면서…….

기풍　그럼 돈은 없고 아래만 불끈불끈한 박 씨는 그 많은 콜라텍 여인들의 마음을 어찌 사로잡았을까? 남잔 역시 뭐니 뭐니 해도 힘인가?

주식   노망날 소리.

기풍   노망이 아니라 희망이지, 안 그래? 신묘약 먹고 불끈 솟아난 힘으로 새 인생을 시작한 노인! 모두의 희망 아니겠어?

주식   이 나이에 희망 같은 걸 가졌다는 것 자체가 노망난 거야.

기풍   너무 그렇게 팍팍하게 굴지 마. 얼마 남지도 않은 인생, 좀 재미있게 살다 가면 좋잖아?

주식   어제도 오늘도 내일도 매일매일 똑-같이 여기서 장기 두는 인생이 재미있기도 하겠다.

기풍   그러니까 나처럼 연애를 하라고! 복지관 가면 고운 여자들 많아. 물론 우리 문희 씨만은 못하지만. 어때? 다음 주 나랑 갈래?

주식   주책에 노망에 가지가지 한다. 아, 장기나 마저 두자고.

기풍   어찌 오늘따라 해가 더 긴 것 같아…….

주식   (기풍에게) 아 뭐해? 장기 두는 사람 어디 갔어?

기풍   내 차례 아니야.

주식   …….

막걸리를 마셔가며 장기를 두는 기풍과 주식.
기풍이 주머니에서 라디오를 꺼내 켠다. 남일해의 '빨간 구두 아가씨'가 흐른다.

낮게 음악이 흐르는 가운데 장기를 두는 기풍과 주식 뒤로 해가
진다.

암전.

5.

종묘광장공원 일대.

영업 중인 말자가 일대를 기웃거리며 노인들에게 접근한다.

"저기, 나랑 연애하고 갈래요?"

"날도 좋은데 커피라도 한 잔 해요."

"젊은 오빠, 인터넷 보고 왔어? 이모랑 놀러갈까?"

"선생님 우리 전에 본 적 있지 않아요? 날도 더운데 기운나게 (박카스 보이며) 한 병 드세요."

이런저런 말로 계속 유혹해보지만 연거푸 퇴짜를 맞는 말자. 이내 지쳐 벤치에 우두커니 앉는다. 잠시 후, 백에서 손거울을 꺼내 자기 얼굴을 찬찬히 뜯어본다. 여기저기 쭈글쭈글 주름진 얼굴이 너무 서글프다.

말자 (거울 보면서 눈가 입가 등의 주름을 손끝으로 펴보며) 여기랑 여기, 그리고 여기 좀 피면 젊어 보일까? (이내 포기하고) 에고…… 의미 없다. 이 나이에 주름 좀 펴진다고 뭐가 달라져? (사이) 20년 어려지는 신묘약…… 그거 먹으면 쉰다섯…… (황홀한 표정으로) 근데 내가 좀 동안이니까 40대처럼 보이려나…….

순간 조명이 바뀌고 비트가 빠른 음악이 흐른다. 말자의 상상.

묶었던 머리를 풀고 캣워크로 남자들을 유혹하는 몸짓과 춤을 추면서 섹시미를 뽐낸다.

그 중 (상상 속의) 한 남자를 홀려 벤치로 유인, 노골적으로 유혹하는 춤을 춘다. 한창 열을 올리며 상상 속에 빠져 있는데 갑자기 "내참 기가 막혀서!" 하는 여자의 성난 목소리가 쩌렁쩌렁하게 울리며 상상이 깨진다.

바로 현실로 돌아와 벤치에 자세를 고쳐 앉는 말자, 소리 났던 쪽을 바라본다.

남순과 만동이 서로 씩씩대며 말다툼을 벌이면서 나타난다.

남순과 만동은 말자를 보지 못한 채 서로 열을 올리며 싸운다.

남순 거기서 어떻게 그런 말이 나올 수가 있어?

만동 그쪽이야말로 가슴에 양심이란 게 있으면 이렇게 못 나오지! (혼잣말처럼) 도대체 저 가슴엔 있는 게 뭐야? 납작만두도 아니고…….

남순 뭐? 나, 납, 납작만두? 그러는 넌! 그게 미더덕이야, 오만동이야?

만동 뭐? 미, 미더덕? 그리고 어따 대고 너야? 내가 당신보다 나이를 먹어도 몇 살은 더 먹었는데!

남순 나이 더 처먹은 놈이 그렇게 쪼잔하게 나오냐?

만동 쪼잔? 그만큼 밥 사고 커피 샀으면 여관비 정도는 그쪽이 낼 수도 있는 거지!

남순　내가 그동안 종로의 수많은 남정네들하고 모텔이란 모텔은 다 다녀봤지만, 세상에 모텔도 아닌 여관비를 여자한테 내달라는 놈은 니가 처음이야. 내가 진짜 기가 막히고 코가 막혀서…….

만동　기가 막힌 게 아니라 생각이 막혔네. 요즘 나이 먹은 커플들도 데이트통장이다 뭐다 해서 반반 다치펜가 뭔가 한다던데, 요즘 시대가 어떤 시댄데 무조건 남자한테 다 돈을 내라고 해?

남순　다치페가 아니라 더치페이! 말을 모르면 쓰지를 말어. 꼴랑 두 시간 대실비를 여자한테 내란 놈이 뭔 말이 그렇게 많아?

만동　듣자듣자 하니까, 여자는 누가 여자야? 어디 멀리 갈 것도 없이 당장 요 아래 지하철역에만 가봐. 당신보다 훨씬 젊은 것들이 오빠 삼촌 선생님 하면서 앵겨 와. 상대해주면 고마운 줄 알아야지!

남순　뭐가 어째? 그것들은 뭐, 너처럼 돈 안 쓰는 좀팽이 만나나 줄 것 같아?

만동　좀팽이? 말 다했어?

남순　아니! 다 안 했어. 안 그래도 남아 있는 시간 얼마 없는 노인네들, 한 번 만나서 밥 먹고 커피 마신 다음엔, 아님 이런 거 저런 거 다 건너뛰고 바로 이불 속으로 들어가야 돈이 되는데, 너처럼 여러 번 커피 마시게 하는 건 상도가 아니지!

만동　하이고, 헛소리 한번 경제적이네!

남순　그래, 이게 바로 창조경제다, 이 좀팽아!

만동　진짜 들자듣자 하니까! (하며 위협적으로 다가간다)

남순　(얼굴을 들이대고) 그래 한 대 쳐라, 쳐! 덕분에 일 안 하고 침대에 편하게 누워 돈이나 벌자. 어디 뼈 하나 부러뜨려주면 나야 땡큐지!

남순이 만동에게 들이대자. 만동은 차마 때리지는 못하고 서로 실랑이를 벌인다.
더 보다 못한 말자가 나서서 둘을 중재한다.

말자　사람들 다 쳐다보게 이게 무슨 짓이에요. (남순에게) 왜 이래…….

남순　내가 뭐 못 할 말 했어? (말자에게) 너도 들었지? 이 좀팽이가 나한테 뭐라고 하는지. 글쎄 나더러 납작만두래다. 세상에 이렇게 빵빵한 납작만두도 있냐?

만동　누가 할 소리! 도대체 어떤 미더덕을 봤길래 말도 안 되는 소리만 작작 하고 있어?

말자　아유, 선생님도 그만 하세요.

남순　선생은 무슨 얼어 죽을 선생! 이 노랭이 좀팽이 영감탱이야!

만동　뭐야? 이 납작만두 할매가!

남순　입만 나불대지 말고 어디 한번 쳐 봐. 쳐 보라고! 간도

밴댕이 소갈딱지만 해서 사람 칠 배알도 없지?

말자 너도 그만 하라니까. (만동에게) 선생님이 좀 참으세요. 얘 가 좀 흥분해서 그러니 상대 마시고 얼른 가셔요, 네?

만동 내가 이 아줌씨 봐서 참는 거야. 당신 운 좋은 알아!

남순 (악 쓰며) 가긴 어딜 가?!

만동, 씩씩대며 나간다.

분이 풀리지 않은 남순, 벤치에 앉아 갑자기 북받치는 설움에 펑펑 운다.

남순 내가 어이가 없어서…… 진짜 접시에 코라도 박고 콱 죽 어버려야지. 낼 모레 여든이나 처되는 영감한테 노친네 취급을 다 받고……. (서럽게 운다)

말자 (티슈 건네주며) 너도 심했어…… 아무리 늙어도 남자는 남 잔데 자존심을 건드렸으니…… 게다가 남자들이 쪼잔하 다, 좀팽이다 이런 말 듣는 거 얼마나 싫어하는지 몰라 서 그래?

남순 (코를 팽 풀고) 그 물건이 어딜 봐서 남자디? 꼬장꼬장한 영 감탱이가. 맥주 세 병 값도 안 되는 대실비를 여자한테 내라는 것도 모자라, 글쎄 거기서 나올 때 방에 있던 두 루마리 휴지랑 녹차, 둥굴레차 티백까지 싹 쓸어갖고 나 오더라.

말자 어디 가서 굶어 죽지는 않겠네.

남순 내가 뭐 내 처지를 모르나…… 지도 볼 거, 만질 거 없으면서 어따 대고 비교질이야. 나니까 상대해주지, 야, 60대 년들도 요즘 양보다 질이라고, 영감 상대 안 하고 젊은 애들 꼬신다더라.

말자 그것들도 몇 년 지나면 찬밥 더운밥 안 가려. 우리야 어쩔 수 없으니 영감들한테 붙어먹는 거지. (눈을 반짝이며) 이참에 우리도 그 신묘약이란 거 먹고 회춘해서 영계들 꼬셔 팔자나 고쳐 볼까봐.

남순 미친년. 그걸 믿어?

말자 요즘 그 약 때문에 종로 일대가 흉흉하잖아. 아예 없는 말은 아닌가봐.

남순 몰라. 난 안 믿어. 설사 진짜 그 약이 있다 해도, 난 그거 내가 안 먹고 몇 백 배 불려서 팔아버릴 거야. 이 나이에 팔자 고쳐 뭐 얼마나 살겠어. 돈이나 왕창 뜯어먹고 이놈의 지긋지긋한 종로를 확 떠야지.

말자 그 말도 맞다. 그래도 20년 회춘하면 지금 인생 좀 바꿀 수 있지 않겠어?

남순 바뀌긴 개 코가 바뀌어. 이놈의 인생이 바뀔 수 있는 거였으면 처음부터 이렇게 안 살았어. 그냥 다 돈이 웬수지. 그놈의 돈 때문에 난 길바닥에서 이렇게 살고, 남편이란 놈은 어느 하늘 아래 있는지, 숨이나 아직 붙어 있는지 알 길이 없고, 부모 잘못 만난 자식들은 하루하루가 고생이고……. (다시 코를 팽 푼다)

말자 (할 말이 없다) …….

남순 (말자를 보다가) 요즘도 사천백 원 만나?

말자 (고개만 끄덕인다) …….

남순 (그러면 그렇다는 듯이) 여전히 커피만 마셔? 안 잤어?

말자 그런 사이 아니라니까. 정말 진지하게 만난다니까.

남순 아직 정신 못 차렸구먼. 강남에 있다는 그 사람 집 가봤어? 통장에 찍힌 액수 확인했어? 자식들도 다 만나봤어? 아니지? 두 눈으로 직접 확인하기 전엔 다 믿지 마. 나도 처음엔 저 좀팽이 하는 소리만 듣고 돈은 많은데 쓸 줄 모르는 순진남인 줄 알았어. 하긴, 그 나이에 순진한 걸 기대한 내가 미친년이지. 뱃속에 능구렁이가 딱 지 나이만큼 가득 찬 좀팽이인 줄 누가 알았겠어?

말자 평생을 혼자 떠돌며 살았는데…… 이젠 정착해서 살고 싶다면 욕심인가?

남순 욕심이지. 이제 와서 뭘 바꿔 살려고 해? 그저 숨 붙어 있는 동안 밥이나 안 굶으면 다행이지. 행여나 신묘약인지 뭔지 생기면 목구녕으로 넘길 생각 말고, 그거 못 구해 안달 난 영감들한테 몇 백 배 불려 팔아먹고 튀어.

말자 그 돈으로 뭐하게?

남순 돈이 많아서 못 써? 없어서 못 쓰지. 죽는 날까지 따순 밥 먹고 목엔 여우 두르고, 몸엔 밍크 입고, 전에 뭐야, 니가 마신 사천백 원짜리 스타박슨지 빠께슨지 마시면서 호강이 요강 되도록 살아야지. 비행기는 뭐가 복잡하니 못 타겠고 우리나라에서 제일 높은 63빌딩 가서 아래 내려다보며 스테킨가 뭔가 칼질도 하고.

말자 우리나라 제일 높은 거 63빌딩 아닌지가 언젠데. 요즘은 잠실에 뭐 하나 하늘 높이 솟아 있다잖아. 제일 꼭대기 층 창문엔 구름이 딱 껴 보인다더라.

남순 그럼 잠실로 가야겠다. 뭐 어쨌든! 이렇게 앉아서 노가리 까는 시간도 아까워. 저 좀팽이 상대하느라 커피도 얼마 못 팔고. 바지런히 이 쌈짓돈이라도 벌어야 저승 갈 때 좋은 거 타고 가지. (코푼 휴지로 얼굴 고치고 핸드백에서 붉은색 립스틱을 꺼내 보이며) 자기 충고 덕에 매출이 좀 올랐어. 내 언제 저기 대명국밥 가서 해장국 한 번 살게.

남순, 화장 다 고치면 표정 싹 바꾸고 호객행위를 하며 나간다.
혼자 남은 말자, 거울을 꺼내 화장을 고치고 향수를 뿌린다.

말자 정말…… 욕심인가…….

말자, 자리에서 일어나 왈츠스텝을 혼자 밟아본다.
서서히 음악이 흐르고 혼자 왈츠를 추는 말자에게 다가오는 기풍.
함께 스텝을 밟으며 왈츠를 춘다. 행복해 보이는 두 사람.
곡이 끝나면 두 사람의 데이트가 이어진다.

말자 아까 강사님이 기풍 씨더러 연말 전국시니어대회 때 출

전하셔도 되겠다고 하던데…… 만약 나가시면 1등은 따 놓은 당상일 거예요.

기풍   이게 다 문희 씨 덕분이죠.

말자   기풍 씨는 어째 날이 갈수록 젊어지시는 것 같아요. 요즘 떠도는 소문의 그 신묘약을 드신 것 마냥…….

기풍   문희 씨도 소문 들으셨군요.

말자   모르는 사람 있나요. 소문이 파다하던데…… 정말일까요?

기풍   설마 그런 게 있으려고요. 하지만 문희 씨가 제겐 신묘약이나 다름없는 건 정말이죠.

말자   말씀도 참…….

그때 멀리서 요란한 오토바이 소리가 들린다.

순간 신경을 바짝 곤두세우는 두 사람.

이내 소리가 사라지자 무안해져 어색한 웃음만 짓는다.

사이.

말자   요새 오토바이 소리가 자주 들리는 것 같아요.

기풍   그러게 말입니다. 이 근방에 오토바이 타고 다닐 일이 뭐가 있겠다고 저리 정신 사납게 울려대는지…….

말자   길 하나만 건너면 오토바이, 자동차, 사람들 할 것 없이 다 정신없이 바쁘게 돌아가고 변해 가는데, 이 종묘광장 일대는 시간이 흘러가고 있는지 잘 모르겠어요. 모든 게 다 제자리 같고…….

기풍 그렇죠…… 근데 또 뭔가 확 변한들 우리같이 나이 든 사람들이 잘 따라갈 수나 있겠습니까.

말자 기풍 씨답지 않게 무슨 말씀이셔요. 우리들 중에 몸도 마음도 가장 젊으신 분이…… 기풍 씨 요즘 더 멋져지셔서 다른 여성분들 사이에서 인기가 말도 아니에요. 수업 때마다 저 은근 눈치 받아요. 혼자 멋진 분 독차지한다고…….

기풍 저도 여러 양반들한테 싫은 소리 좀 듣습니다. 고운 우리 문희 씨 계속 파트너 한다고. 근데 그게 우리 잘못입니까? 강사님이 그렇게 짝 지어주셨는 걸요. 하하…….

말자 이제 곧 가을이 오려나 봐요. 바람이 제법 선선해졌어요.

기풍 그러네요. 이렇게 한 해가 또 가려나 봅니다.

말자 날도 좋은데 기풍 씨, 이따 약속 있으세요? 오늘 저녁에 종묘광장에서 무슨 행사한다던데…… 가시겠어요?

기풍 이걸 어쩌죠…… 내일 손자가 다시 미국으로 출국한대서 다 같이 저녁 먹는다고…….

말자 아, 그럼 가셔야죠…… 기풍 씨 가족, 정말 화목해 보여요.

기풍 그렇지도 않습니다. 다 남들처럼 사는 거죠. 복작복작 싸우기도 하고…….

말자 그게 사람 사는 거죠…… 정 없으면 싸움도 안 해요…… (아쉬워하며) 부럽네요.

기풍 별말씀을요. 문희 씨도 곱게 잘 사시면서…….

말자 …….

기풍   (약간 어색해져) 저, 그럼 오늘 먼저 가보겠습니다. 늦으면 또 며늘애한테 한소리 들어서…….

말자   네, 어서 가보셔요…….

기풍   (몇 발자국 가다가 돌아서서) 저…… 다음번엔 문희 씨도 같이 갑시다.

말자   (얼굴에 화색이 돌며) 아, 네, 그래요.

기풍, 인사하고 나간다.

말자, 기풍이 나간 쪽을 한동안 바라본다.

말자   우리 문희 씨…… 다음번엔 같이…….

기대에 찬 표정의 말자, 화장을 고치고 다시 호객행위에 나선다.

"저기, 같이 걸을래요?" …….

'지금쯤 사랑을 알만도 한데……' 〈빨간 구두 아가씨〉가 흐르면서 암전.

6.

암전 속의 뚜벅뚜벅 발소리, 문 여닫는 소리와 함께 밝아지면 기풍의 쪽방.

손바닥만큼 작은 방이지만 텅 빈 방이 크게 느껴진다.

들어와 바닥에 앉는 기풍, 구석에 놓아둔 먹다 만 소주병 쟁반을 가져온다. 종이컵에 소주를 따르고 한잔 마시는 기풍.

사이.

적적하고 쓸쓸하다.

이내 1인 2역의 모노드라마처럼 홀로 주거니 받거니 소주를 마시는 기풍.

기풍   (마치 상대에게 술을 따르듯이) 자자, 받으시오~ (살짝 넘치려하자 얼른 입으로 가져가 홀짝 마시고) 아이고, 정이 넘치시네. 오늘도 수고 많았소. (들이킨다) 크흐으…… (보이지 않은 눈앞의 상대. 곧 자신에게) 자넨 어찌 살았길래 이 나이에 쪽방에서 혼자 술잔을 기울이나?

(한 모금 마시고) 나야 바쁘게 살았지. 그거 알아? 그땐 내가 신성일이보다 영화 더 많이 나온 거…… 이름만 없었지, 정말 안 살아본 인생이 없었어. 탄광, 불구덩이 할 것 없이 뛰어 들고, 곤장도 맞고, 총도 쏘고, 불량배가 됐다가 스님이 됐다가…… 요즘은 보조출연자라며? 하지만

난 엄연한 배우였어. 카메라가 돌면 정말 그 사람이 돼서 연기했다고…… (사이) 안방 옷장 한구석에서 지포라이타를 발견하기 전까진 말이야. 감독들 주머니에 늘 있던 그 물건이 왜 하필 우리집 옷장에 있는지, 난 끝까지 모른 척했어. 내 연기가 완벽해선지 어설퍼선지, 마누라는 그놈의 연기 지긋지긋하다며 나갔어. 그래, 나도 지긋지긋하더라. 그래서 다 때려치웠지. 연기고 사랑이고 사람이고 죄다 황이야. 그래도 입에 풀칠은 해야 하니, 배운 게 도둑질이라 연기하면서 배운 색소폰으로 입때껏 밥 먹고 살아온 거 아닌가. 헌데 밥벌이가 쉽나. 어깨 넘어 배운 걸로 먹고 살려니 이건 진짜 죽도록 노력하는 것밖엔 답이 없더군. 사람도 사랑도 다 배신하지만, 노력은 배신하지 않으니까.

(자랑스럽게) 그 덕에 나! 한때는 잘 나갔잖아! 그때 미군 부대 클럽에서 연주, 아무나 못했어! 전국에 내로라하는 사람만 들어갈 수 있었다고! 클럽에서 이 장기풍이 모르면 간첩이란 소문도 있었어. 내 반주에 맞춰서 윤복희, 조용필이가 노래도 불렀다고! 전국 방방곡곡 여기저기서 어떻게들 알고 찾아왔는지, 제발 우리 클럽에서 연주 좀 해달라고 부탁하고 읍소하고…… 내 연주에 남자 여자 미국인 한국인 할 것 없이 다 넋을 잃곤 했는데…… (색소폰을 가져와 쓰다듬으며) 이 녀석이랑 즐거웠지. 어딜 가도 환영 받고 주목 받고 돈도 받고…… 때로는 신나게,

때로는 부드럽게 달래고 위로해주는 음악을 이 녀석으로 연주했어, 50년 동안…….

근데 갈수록 힘에 부치데. 그 많았던 클럽, 밤무대들이 하나 둘씩 사라지고, 시간이 흐를수록 숨이 차서 소리도 잘 안 나오고, 정신을 차려 보니 벌써 이 나이고…… (사이) 내가 죽기 전에 그 화려한 무대 위에서 멋들어지게 연주할 날이 다시…… 올 리가 없지…… 없겠지…… 내 화양연화였던 그 날이 다시 올…… (순간 환희에 찬 표정으로) 수 있을 지도 모르지! 그래! 그 신묘약이란 것만 손에 넣으면…… 무려 20년이나 시간을 되돌려준다는데! 그렇게만 된다면, 내 저승 가서도 잊지 못할 연주 한번 불태우고 죽어야지!

초라한 핀 조명이 화려하게 바뀌면 한창때의 실력으로 색소폰을 연주하는 기풍.

멋들어진 연주를 마치자 어디선가 들려오는 듯한 갈채소리, 만끽하는 기풍.

화려한 조명이 원래대로 서서히 돌아가면서 갈채소리는 빗소리로 바뀌어 간다.

암전. 사이.

무대의 다른 위치에 조명이 들어오면 주식의 방. 주식이 홀로 앉아 있다.

라디오를 틀자 김추자의 '월남에서 돌아온 김상사'가 흘러나온다.

소리가 작은지 볼륨을 키우자 잠시 후 방문 쿵쿵 두드리는 소리.

하는 수없이 라디오를 끄고 하릴없이 가만 앉아 다리 주무르는 주식.

조금 전의 아들과의 다툼을 떠올린다.

둘의 다툼이 들리는 동안 주식은 그저 멍하니, 시선을 멀리 던진 채 말없이 망부석처럼 앉아 있다.

아들 전에 말씀드렸잖아요. 이번 추석 전에 묘, 개장합니다.

주식 (분노에 가득 차서) 뭐야?! 누구 마음대로! 내 눈에 흙이 들어가기 전에, 아니 흙이 들어가도 안 돼!

아들 좀! 고집 좀 그만 피우세요! 개장한다고 조상님들, 어머니 안 모시는 게 아니잖아요. 매번 벌초 가는 것도 힘들고 애들도 잘 안 가려고 해요.

주식 니들이 지금 그렇게 잘 사는 게 다 누구 덕인데 그것도 못 해?

아들 잘 살긴 누가 잘 살아요? 아버진 저희가 잘 사는 것처럼 보여요?

주식 우리 때 비하면…….

아들 (말 끊고) 제발 그 소리 좀 그만 하세요! 언젯적 얘기를 여태 해요? 벌초 간다고 하면 회사에서 그냥 가라고 해요? 그거 다 연차 써서 가야 해요. 애들도 학교에 학원에 독서실에 몸이 열 개라도 모자라요. 애들도 힘들어 한다고요.

주식   고얀 것들……

아들   대행은 누가 공짜로 해줘요? 다 제 월급에서 나간다고
요. 혼자 버는 걸로 힘들어 애들 엄마 요즘 식당 나가서
설거지해요. 저희 아등바등 살고 있다고요.

주식   오호라…… 에미가 베갯머리송사로 너한테 그러자든?
조상님, 시어미 다 가루로 만들어 모아 놓자고?

아들   (폭발하여) 그런 말이 아니잖아요! 왜 자꾸 말도 안 되는
억지만 써요?

주식   뭐가 말이 안 돼? 억지라니? 기껏 공부 가르쳐 놨더니
날 무시하는 거냐?

아들   하아…… 아무튼 이제 벌초 더는 못 해요. 개장도 정말
큰맘 먹고 하는 거라고요.

주식   (화를 꾹꾹 누르며) 이놈이 기어이……

아들   그렇게 싫으시면 아버지가 다 관리하시든가요. 저희는
이제 더 못해요.

주식   조상님들 잘 안 모시고 니들이 잘 살 것 같아?

아들   그럼 이게 지금 잘 사는 거예요? 매번 명절 때마다 정말
지긋지긋해요. 그리고 애들 엄마한테 잔소리 좀 그만 하
시고요. 요즘 시아버지 모시고 사는 며느리가 어디 흔한
지 아세요?

주식   참 대단한 벼슬한다! 뼈 빠지게 일해서 키워놨더니
만…… 내가 나가마! 그럼 됐지?

아들   (대화 포기하고) 아무튼 개장할 거니까 그리 아세요. 그리

고…… 좀 자주 씻으세요. 누가 아버지더러 수도요금 내래요?

다시 현재로 돌아오면,

주식   니들도 늙어 봐라. 이 냄새가 씻는다고 없어지나…… 나이를 먹어 그런가? 예전 같으면 한 대 쥐어박고 털어버렸을 말인데…… 괜히 서럽네…… (슬쩍 눈물 훔치고 겨드랑이 등의 냄새를 확인하다가 이내 포기하고 가슴팍의 훈장을 만지작거리며) 몇 달을 못 씻고 개똥밭을 굴러도, 그래도 그땐 싱싱한 냄새만 났겠지…….

다시 라디오를 켜자 전에 멈춘 부분부터 흐르는 '월남에서 돌아온 김상사'.
볼륨을 작게 줄이고 우두커니 앉아 노래를 듣는다. 서서히 암전.
암전 속에 흐르는 노래를 끄고 휴대폰으로 전화를 거는 소리.
한쪽 무대가 밝아지면 만동의 쪽방.
만동, 아들과 통화한다. 아들을 대하는 만동의 목소리가 애틋하다.

만동   (휴대폰으로) 그래, 나다. 요즘 어찌 지낼 만하고? 나야 잘 지내지, 그럼! 요즘 노인들 위한 프로그램이 하루가 멀다 많이 쏟아져 나오니 백수가 과로사하게 생겼어, 하하…… 그래, 난 매끼 배불리 잘 먹고 하고 싶은 거 다

하면서 잘 지내니 아무 걱정 말고 아범아, 너도 건강 잘 챙기고 지내라, 알았지? 힘든 일 있으면 숨기지 말고 다 말하고…… 그래, 그럼 끊는다.

만동, 전화를 끊고 한동안 휴대폰을 만지작거린다.

그러다 이내 자신의 주머니에서 하루 종일 모은 동전을 모두 꺼낸다. 100원짜리, 500원짜리 동전이 한주먹 정도 나온다.

그리고 방 안 한구석에 놓아둔 (동전을 모아둔) 유리병을 갖고 나온다. 제법 모아두었다.

만동, 오늘 모은 동전을 세며 작은 수첩에 오늘의 수익을 적고 그간의 기록을 훑어본다.

만동 (동전을 세며) 아침에 연신내에서 500원, 그리고 바로 수색에서 500원, 오전에 제기동 성당에서 500원, 상계동 선교단체에서 1,000원…… 점심엔 김 씨한테 담배심부름하고 남은 거스름돈이 300원에…… 가만 보자…… 왜 이것밖에 없지? (생각하다가) 아! 오늘 장 씨가 장기 두다 말고 왈츠가 뭔가 춤추러 갔지…… 다 늙어서 춤은…… 그것 때문에 요즘 내 돈으로 밥 먹으니 영 못 모으네…… (수첩의 기록을 보며) 보자…… 월요일에 5400원, 어젠 6700원, 오늘은 2300원뿐이네…… 내일은 목요일이니까…… 부천이네. 부천 돌봄의 집에서 500원, 구로의 희망교회에서 1000원, 그리고…… 하이고 멀다……

제기동 성당이랑 동대문 교회에서 각각 500원씩…… (순간 얼굴 환해지며) 아, 맞다! 내일 오후에 광화문 집회가 있었지! 여기만 한 번 갔다 오면 열흘 점심 값은 나오니까. 내일은 좀 바쁘겠는 걸…… (수첩을 접고 주머니에서 먹다만 소주병을 꺼내며 뿌듯하게) 그래도 오늘 이거 하나 건졌네. (소주를 병뚜껑에 살짝 따라 마시고) 크흐…… 달다, 달어…… 이 한 모금에 오늘 싸돌아다닌 피로도 싹 풀리는군. 그럼 됐지. 돈 벌고 피로 풀렸으면 다 된 거지. 희망도 절망도 없는 인생, 뭘 더 바라겠어? 눈앞에 있는 것들도 다 못 갖는 인생인데 눈에 보이지도 않는 신묘약은 탐해서 뭐해? 웃기고들 있어. 매번 그런 게 나오는구먼, 어찌 매번 그리 속을까…… 그거야 말로 신묘하네…… 그딴 가짜 약 구할 시간에 어디 한군데라도 더 가서 100원이라도 벌어야지.

하긴 삐쩍 골은 그 여편네한테 한눈 판 나도 정신 나간 놈이다. 그동안 사 먹인 커피랑 국밥 값이 얼마야…… (손으로 계산을 해보다가 자신의 이마를 친다) 어이구야…… 그 돈 벌려면 일주일에 서울 방방곡곡을 얼마나 돌아야…… 아이고, 이 미친놈…… 다 늙어서 주책맞게 (자신의 아랫도리를 노려보며) 거긴 불끈해져 가지고…… 좌우지간 소변 볼 때 말고는 하등 쓸모없는 물건이야! 정신 똑바로 차려, 이놈아!

(유리병을 안으며) 너는 내 피와 살이다. 죽을 때까지 모

으고 또 모아서 불쌍한 우리 자식들 한 푼이라도 남겨줘야지…… 근데 언제까지 이렇게 살 수 있으려나…… (사이) 에잇! 생각도 하지 말자. 머리도 많이 쓰면 배도 빨리 꺼지더라. 생각 그만 하고 잠이나 자자…….

라디오를 켜고 자리에 눕는 만동.
"아야 뛰지 마라 배 꺼질라……" 진성의 '보릿고개'가 흐르면서 암전.

7.

탑골공원 돌담 아래 장기판 일대.

탁탁탁, 탁탁 장기 두는 소리와 함께 시작되고 있는 장기판 일대에 노인들 가득하다.

기풍의 휴대용 라디오에선 김연자의 '아모르파티'가 흐르고 있다.

"자신에게 실망 하지 마 / 모든 걸 잘 할 순 없어 / 오늘보다 더 나은 내일이면 돼……"

여느 때와 같이 장기를 두고 있는 기풍과 주식.

그러나 가운데 쭈그리고 앉아 있을 법한 만동이 보이지 않는다.

기풍과 주식은 소문을 의식해서인지 옷차림과 머리 모양에 한껏 힘을 줬다.

기풍   (흥얼거리며 장기를 두는) 인생은 지금이야~ 아모르파티!

주식   (짜증을 내며) 아, 정신 사나워!

기풍   그러게 빨리 두면 되잖아. 기다리다 지루하니까 음악이 라도 듣고 있어야지.

주식   음악을 들어도 꼭 그런…….

기풍   아니 이게 어때서? (만동에게) 안 그…… (만동의 빈자리를 새 삼 확인하니 없다) 거, 어디 갔지? 없으니까 허전하네.

주식   보자…… 옳지! (음악의 흥에 맞춰) 얼씨구. (한 수 둔다)

기풍   (받으며 주식을 약 올리듯) 절씨구.

58

주식   (장기판 보고 인상 쓰며) 허, 그 참…….

기풍   근데 정말 왜 안 나온 거야?

주식   여기 나오다가 안 나오는 영감이 어디 한둘이야? 새삼스
         럽게 왜 물어?

기풍   그래도 매일 우리 옆에 찰싹 붙어 있다가 없으니까 허전
         하잖아.

주식   허전할 것도 많다. 보나마나 살랑살랑 알랑방귀 뀌며 누
         가 사주는 커피나 밥 얻어먹고 있겠지. 아님 서울 여기
         저기 돌면서 교회나 자선단체에서 나눠주는 동전 받으
         러 갔거나. 그 양반 갈 데가 그런 데 아님 또 어디겠어?

         그때 만동이 종종 걸음으로 다가온다.

주식   (발견하고) 양반되긴 글렀네.

기풍   왜 이제 와?

만동   말도 마. 새벽부터 저기 부천까지 갔다가 서울시내 한
         바퀴 쭉 돌고 오느라 벌써 배 꺼졌어.

주식   그럼 그렇지.

만동   (기풍과 주식의 훤칠한 행색을 보고) 근데 오늘 무슨 날이야?
         왜 다들 쫙 빼입고 왔어?

기풍   쫙 빼입긴! 내가 언제 이렇게 안 입었어? (주식 들으란 듯이)
         누구처럼 괜한 소문 의식해서 안 하던 단장을 할 사람인
         가, 내가?

주식 (발끈해서) 누가 단장을 했다고 그래? 내가 언제는 뭐 훈장 안 달고 있었어?

기풍과 만동이 전과 달리 8:2 가르마로 곱게 빗은 머리와 깨끗한 신발을 번갈아 보며 주식의 말을 못 믿겠다는 듯 바라본다.

주식 (변명 아니 항변하듯) 아직 날도 더운데 머리가 길어 답답해서 요 앞 장수이발소에서 머리 잘랐다, 왜? 자네들은 이발 안 해? 신발이 하도 낡고 해져서 못 신겠으니까 새 걸로 바꾼 거지, 뭔 생각들 하고 있는 거야?

기풍 (약 올리듯) 아무 생각 안 했어.

만동 (주식을 달래며) 그럼, 그럼! 인간이면 다 이발하고 신발도 바꿔 신고 그러는 거지, 누가 그걸 안 믿는데…….

주식 (누군가를 의식하듯) 내가 월남전 때 맹호부대 1연대 6중대 1소장에 있으면서 부비츄렙 득실득실한 동굴까지 들어갔다 나온 사람이야! 이 한 몸 던져 나라 구한 사람이라고!

기풍 툭 하면 저 얘기. 저거 아님 할 말이 없지. 조용필 본 적 있어? 이미자 본 적 있어? 난 그 사람들 노래할 때 옆에서 색소폰 분 사람이야! 지금도 가끔 저기 청춘다방, 추억만들기 가서 연주하는 '뮤우지샨'이라고! 알아? 뮤지샨? 모르지? 하긴 색소폰이랑 나팔도 분간 못하는데 뮤지샨을 알겠어?

만동   (기풍을 말리며) 왜들 이래, 그냥 하는 소리 갖고…….

주식   기껏해야 딴따라 한량이 주제 잘난 척은…….

기풍   뭐야? 한량이?!

주식   (자신의 훈장을 내밀며) 나는 국가가 공로를 인정해줘 참전명예수당 받는 사람이라고! 자네들처럼 기초노령연금 받는 거랑 같은 줄 알아?

기풍   그래, 니 똥 굵다! 아주 잘났어! 그렇게 잘나신 분이 어째 장기는 한량인데 매번 질까?

주식   니? 나이도 세 살 어린놈이 어따 대고 반말이야?

기풍   다 같이 늙어가는 처지에 어디 차, 포 떼고 한번 붙어 보자고!

그때 갑자기 오토바이 소리가 크게 들린다.

일동 행동이 멈춘다.

"부릉부릉부릉~ 빠라바라빠라밤~" 울리는 오토바이 소리 다시 들리자, 이내 정신 차리고 헛기침 두어 번하며 옷매무새 가다듬고 자리에 앉는 기풍과 주식.

오토바이 소리가 멀리 사라진다.

사이.

기풍과 주식의 유치한 행동에 웃음이 새어나오는 것을 참는 만동.

만동   (두 사람 기분 맞추려) 신묘약 장수도 두 눈 멀쩡히 달렸으면 이 두 사람, 그냥 지나칠 리가 없지.

기풍과 주식, 동시에 발끈하여 만동에게,

기·주   난 아니라니까!

만동   (당황하여) 아, 알았어…… 왜들 그렇게 날이 섰어…….

기풍과 만동, 무안해져 서로 다른 곳을 멀리 보며 헛기침만.
사이.

주식   (기풍에게) 아 뭐해? 장기 두는 사람 어디 갔어?

기풍   내 차례 아니야.

주식   뭐가 그렇게 급해서 빨리 둬…….

기풍   수가 다 보이는데 질질 끌어서 뭐해?

어색한 침묵 속에 김연자의 '아모르파티'가 계속 낮게 흐르고 있다.
주식, 노래가 계속 신경 쓰인다.

주식   아까부터 왜 계속 이 노래만 나와? 정신 사나워. 그만 꺼.

기풍   좋기만 한데. (할 수 없이 끄며, 만동에게) 안 그래? 나이는 숫
자, 마음이 진짜!

만동   그렇지! 나이가 무슨 상관이야! 지금 잘 살면 되지. 그
러니까 이 따분한 장기는 잠시 접어두고 나랑 같이 운동
삼아 광화문이나 다녀오자고.

기풍   광화문은 왜?

만동   오늘 거기 집회 있잖아. 참석하면 두 시간에 2만 원이
       야! 두 시간만 가 앉아 있으면 콩나물해장국이 열 그릇
       이라고.

주식   기껏 몸 던져서 나라 지켜놨더니 이리 갈라지고 저리
       찢어지고…… 맘에 안 들어. 거긴 어느 쪽이야? 좌야,
       우야?

기풍   (주식에게 핀잔하듯) 그거 따져 뭐하려고?

만동   그럼! 그게 중요한 게 아니지. 좌냐 우냐, 진보냐 보수냐,
       내가 알 게 뭐야? 나야 돈 주는 쪽이지. 하루 종일 여기
       앉아서 장기만 두면 허리도 아프고 배만 나오잖아. 가끔
       씩 운동 삼아 걷고, 돈도 벌고, 다른 영감들도 만나면 좋
       잖아, 안 그래? 게다가 오늘은 돌아오는 길에 전철 타고
       동대문 가면, 다섯 시에 돌봄의 집에서 커피 값 500원
       나눠주니까 그것까지 받아오면 일타쌍피라고! (엄청 선심
       쓰듯) 나 이런 거 아무한테나 안 알려줘. 자네들이니까 말
       해주는 거라고!

기풍   (역시 만동스럽다) 국밥 열 그릇 정보, 참 고맙네…… 혼자
       다녀와.

만동   (주식에게) 형님 안 가?

주식   다 늙은 노인네들끼리 모여 앉아 젊은 사람들 눈총이나
       받고 있는 게 좋기도 하겠다.

만동   이 사람들이 배가 불렀어…… 이런 기회 자주 없어. 있
       을 때 바짝 해둬야지.

기풍	도대체 그렇게 악착같이 돈 모아서 뭐 하려고 그래?
만동	뭐 하긴~ 임뿌란트 끼고 한우 뜯어야지! (손목시계 보니) 이제 슬슬 가봐야겠네. 정말 안 갈 거야?
주식	난 일 없으니까 자네나 다녀와.
기풍	가서 돈 주는 쪽에 착 붙어 많이 받아 오라고.
주식	그래서 우리 국밥도 한 그릇씩 사주고.
만동	(동요하여) 그러니까 같이 가자니까! 열 그릇 값 준다는 데…….
기풍	걱정 마셔. 사달라고 안 그럴 테니 늦기 전에 어여 가셔.
만동	나중에 후회하지나 말어.

만동, 서둘러 나간다.

기풍과 주식은 그런 만동이 귀엽고 안쓰럽고 구질구질하다.

둘은 계속 장기를 두며 이야기 나눈다.

주식	(피식 웃으며) 거 꿈 한번 좋네.
기풍	뭐가?
주식	임플란트 끼고 한우 뜯겠다는 거 말이야. 재미도, 뭐도 없는 인생, 맛있는 거라도 마음껏 먹고 가면 좋지…….
기풍	박 씨는 그런 거 안 껴도 한우니 족발이니 실컷 뜯어먹고 있겠지?
주식	(장기 탁! 소리 나게 두며) 한 손엔 족발 들고.
기풍	(받아서 탁! 소리 나게 두며) 한 손엔 여자 안고.

언제 싸웠냐는 듯 마주보고 웃는 두 사람.

기풍 근데 박 씨가 원래 여자 밝히고 놀기 좋아했던 양반이었
      던가? 기억이 안 나.

주식 기억할 필요 뭐가 있어. 안 보이는 순간부터 잊어야지.
      그게 이 동네 불문율 아닌가.

기풍 (주식 말을 안 듣고) 가만 앉아서 이렇게 한손으로 턱 괴고
      묵묵히 장기만 뒀던 것 같은데…… 신묘약이 사람을 바
      꿔 놨나…….

주식 평생을 같이 산 가족도 못 바꾸는 사람을 약 한 줌이 어
      떻게 바꿔 놔? 다 말도 안 되는 소리야.

기풍 말이 안 되니까 궁금하지.

주식 궁금할 것도 많네. 그나저나 자넨 그 복지관에서 만난다
      는 여자랑은 잘 지내?

기풍 나야 좋지! 우리 문희 씨가 데이트할 때마다 그렇게 내
      손을 잡고 싶어 안달이라니까. 나중엔 헤어지기 싫어서
      자꾸 좀 더 걷고 싶다며 흘리지 뭐야. 이놈의 인기는 나
      이가 들어도 사그라들 줄을 몰라.

주식 쳇…… 자네 뚱이야말로 천하장사 팔뚝만 하겠어.

기풍 여자가 좋아한다고 바로 손잡고, 안고 그러면 재미없어.
      간질간질 애 좀 태우다가 손이라도 한번 잡아줘 봐, 눈
      물이 그렁그렁 감격해서 아주 녹아난다니까. (거드름 피우
      며) 내가 나쁜 남자 스타일이야.

65

주식 (코웃음 치며) 그냥 후레자식이구면.

기풍 이렇게 뭘 몰라서야…… 형씨는 진짜 만나는 여자 없어? 어?

주식 이 나이에 무슨…….

기풍 아, 우리 나이가 어때서? 아까 노래 듣고도 그래? 나이는 숫자! 마음이 진짜!

주식 진짜든 가짜든 여자 아쉬울 일이 뭐가 있어? 정 아쉬우면 바로 요 앞에만 나가도 쉽게 만날 수 있는데.

기풍 그런 여자들 말고 애인! 나처럼 데이트하고 연애하는 여자친구!

주식 남사스럽지도 않은가봐, 그런 말을 어쩜 저리 당당하게…….

기풍 당당하지 못할 건 뭐야? 젊은 것들만 연애하나? 밥숟가락 들 힘만 있으면 누구나 하는 게 연애야.

주식 됐어. 낯 뜨거운 소리 그만 하고 장기나 둬.

기풍 내 차례 아니야.

주식이 판을 보고 어디 둘까 살피는 동안 남순이 다가온다.
남순을 먼저 발견하는 기풍.

기풍 오랜만이야? 근데 어쩌나. 최 사장 임플란트 끼고 한우 뜯으러 갔는데.

남순 (기풍을 가볍게 흘겨보며) 최 사장은 무슨 얼어 죽을…… (주

66

식에게) 선생님도 너무하셨어요. 어쩜 두 분, 그렇게 짓 궂으셔.

기풍 (눈치 챘음을 알고) 그래도 처음엔 커피 정도는 사주지 않 던가?

남순 픽이나. 잘 알면서 그러신다. 그건 그렇고 소식 들었어 요? 좀 전에 종묘공원 쪽에 그 신묘약 판매상 떴대요.

남순의 말이 떨어지기가 무섭게 기풍과 주식, 허리를 곧게 펴고 고 쳐 앉는다.
기풍과 주식을 보며 '너희도 별 수 없구나' 싶은 남순, 그들의 지갑 을 공략한다.

남순 근데 팔 만한 상대를 아직 못 찾아서 이 일대 돌기만 하 고 있대요. 그 약 원하는 사람도 많은 텐데 그냥 팔지, 뭐 그리 튕기면서 요란법석을 떠는지. 근데 판매상이 여긴 안 왔나 보네. 두 분이 이렇게 모르는 걸 보니.

주식 알 게 뭐야. 보나마나 양아치 사기꾼이겠지.

남순 그 인간이 여기 왔다면 두 분한테 바로 접근했을 거예 요. 내가 (자신이 온 쪽을 가리키며) 저기서 오면서 여기 딱 보는데 두 분한테서 뭔가 심상찮은 기운이 느껴지더라 니까.

기풍 그랬겠지. "아! 저기 커피 사줄 영감이 보이는구나!" 하 면서…….

남순 (안 넘어오자 포기하고) 알면 얼른 커피나 좀 사주든가. 그 좀 (팽이라 말하려다)…… 양반 때문에 한동안 힘들었다고요. 그 양반, 상도를 몰라.

주식 그 일에 상도도 있었어?

남순 아무렴요! 다 어려운 처지, 서로 돕는 게 그게 상도지, 뭐 별 거 있나?

기풍 틀린 말은 아니지. 내 골탕 먹인 거 미안한 것도 있고 하니 커피 대신 막걸리에 녹두전 한 판 사지. (주식에게) 형씨, 그만 접고 (무대 안쪽 잔술집을 가리키며) 훈이네나 갑시다.

주식 (손에 쥐고 있던 장기알을 쏟아 모으며) 일 없네. 난 오랜만에 (탑골공원 돌담을 가리키며) 저 안에서 산책이나 좀 해야겠어. 누구처럼 광화문까지 운동 삼아 걷지도 않는데 여기라도 좀 걸어야지. (남순에게) 나는 다음에 사리다. 너무 야속하게 생각 마시오.

조명이 서서히 어두워지는 가운데 주식은 장기판에서 벗어나 탑골공원 돌담 쪽에서 시작해 무대 앞쪽으로 천천히 걸어가고, 기풍과 남순은 무대 안쪽 '훈이네 잔술집' 쪽 테이블로 이동한다.
조명이 주식을 따라가는 동안 기풍과 남순이 있는 곳은 어두워진다.
주식의 걸음이 멈춘 곳에 핀 조명만 남아 있다.

8.

탑골공원 내 원각사지10층석탑 앞.

홀로 산책 중인 주식, 보이지 않는 누군가를 의식하듯 품위를 지키려는 듯해 보인다.

걷다가 제자리에 서서 가볍게 스트레칭도 하고 간단한 제식훈련도 해본다. 총 쏘는 폼이 제법 그럴 듯해 보이기도 한다.

주식이 제식훈련에 빠져 있는 동안 주변을 맴도는 말자, 공원 내에서 영업 중이다.

말자, 주식에게 다가간다.

말자   예전에 무슨 특전사? 뭐 그런 거 하셨나 보다. 폼이 너무 멋지시네요.

주식   (하던 행동을 멈추고) 그냥 운동 삼아 하는 거지, 폼이랄 게 있나.

말자   (주식의 가슴팍에 달린 훈장을 보고) 그거 훈장이죠?

주식   (알아보는 이가 처음이라 놀라며) 이 훈장을 압니까?

말자   예전에 군부대 근처에서 다방을 했어요. 손님들 중에 가끔 그런 훈장을 달고 계신 분이 있었는데 전쟁 나가서 큰 공을 세운 사람만 받을 수 있는 거라고 하더라고요. 정말 대단하서요.

주식   (뿌듯하지만 아닌 척하며) 대단은 무슨······.

말자 대단하다 뿐인가요. 정말 위대하죠. 몸 바쳐 나라 지켜주신 덕에 다들 이렇게 사는 건데…….

주식 말이라도 그리 해주니 고맙소.

말자 근데 왜 저기 팔각정에 안 계시고 여기 계세요? 저기 사람들도 많은데…….

주식 노인들 모여 있어봤자 하는 말들이 다 거기서 거기지. 그러는 그쪽은 왜 여기에.

말자 날이 좋아 산책하다가 멀리서도 이 석탑이 눈에 띄길래 와봤어요. (석탑을 올려다보고) 가까이 와서 보니 정말 크네요. 어머나, 세상에…… 가만 보니 층층마다 새겨진 문양이 보통이 아니에요.

주식 이게 우리나라 국보 2홉니다. 여기가 조선시대 원각사란 절이 있던 곳이고. 이 석탑이 어떻게 지어졌는지 들어보셨나?

말자 (몰라서 보면) ……?

주식 세조가 온 몸에 종기가 돋아나서 한밤중에 오대산 개천에서 몸을 씻고 있는데 웬 동자 하나가 와서 등을 문질러 드릴까요, 하며 다가오더라는군. 그래, 마음이 있거든 이리 오너라, 하니, 동자가 등을 문질러 줬고 한결 나아진 세조가 동자에게 말했다지. 임금의 등을 문질렀다는 말을 아무에게도 하지 말아야 하느니라. 그랬더니 동자가 대왕께서도 문수동자를 봤다고 말씀 마옵소서, 하고 사라졌다지. 문수동자란 불교에서 최고의 지혜를 상징

하는 보살이라. 놀란 세조가 돌아봤지만 동자는 이미 사라져 없고. 아무튼 세조는 그날 이후 병이 깨끗이 나았고, 본궁으로 돌아와 여기에 석탑을 세웠는데, 그게 바로 이거요.

말자   (주식의 설명에 빠져들어) 아아…… 그렇구나…… 여긴 그렇게 오래 다니면서 그런 것도 몰랐네요. (순간 자신의 정체를 말해버린 실수를 깨닫고) 아니, 저기, 그러니까 제 말은…….

주식   (말자가 무안하지 않도록) 우리처럼 나이 든 사람들이 여기 말고 갈 데가 또 어디 있나…… 그러니 다 여기 모이는 거지…….

사이.

주식   (가만 보니 말자가 예쁘다) 목도 마른데 마실 거 있음, 나 한 병 주시오.

말자   드릴 수는 있는데 여긴 보는 사람도 많고…….

주식   …… 그럼 보는 사람 없는 데로 가지.

말자가 먼저 어디론가 향해 나가자, 잠시 후 주식이 따라나선다.
멀리서 들리는 오토바이 소리.
암전과 동시에 잔술집 테이블에 조명이 밝아지면 기풍과 남순, 막걸리에 국밥을 먹고 있다.
기분 좋게 술이 오른 기풍이 오토바이 소리에 흠칫 놀라다가 자세를 고쳐 앉아 한잔 들이키고, 빈 잔을 확인한 남순이 재빨리 막걸리를 따라준다. 막걸리 병이 비었다.

대화 중반부터 멀찍이 만동이 나타나 둘의 이야기를 듣는다.

남순 (빈 병을 흔들며) 여기 한 병 더!

기풍 사람 약 올리는 것도 아니고 저놈의 오토바이는 왜 저렇게 시끄럽게 다녀?

남순 저 사람들 좋은 약 만들 줄만 알았지, 장사는 아주 젬병이네. 여기 이렇게 적임자가 떡하니 있는데 말이야.

기풍 나야 그딴 거 그냥 줘도 안 갖지만, 내 눈앞에 나타나기만 해. 사람들 속 시끄럽게 휘젓고 댕기는 그놈의 상판대기에 요 막걸리를 확!

남순 (말리며) 이 아까운 술을 왜 그렇게 버려요. 우리 먹기도 아까운 술을…….

기풍 (남순에게도 한 잔 따라주며) 자네도 한잔해.

남순 (받지만 마시는 척만 하고) 오늘따라 쓰네. 평소 같으면 요구르트 맛인데 기분이 싱숭생숭해서 그러나, 시큼털털하네요.

기풍 이게 다 그 요망한 물건 때문에 그래. 괜히 그런 걸 만들어가지고 여러 사람 속을 휘저어 놓고 말이야.

남순 누가 아니래요. 그래도 그 약 먹고 새 인생 산다는 사람이 있으니까 궁금하긴 해.

기풍 왜? 자네도 새 인생 살고 싶나?

남순	여기 안 그러고 싶은 사람도 있나?
기풍	새 인생 살면 뭐 어쩌고 싶은데?
남순	어쩌긴 뭘 어째요. 결혼 같은 거 개나 물어가라 하고 혼자 속 편하게 살지.
기풍	남편이 속 많이 썩였나 보군.
남순	지도 잘 살아보려고 한 건데…… (한 모금 마시고) 돈이 웬수고 친구가 웬수지.
기풍	친구란 놈이 사기 쳤군.
남순	(어떻게 알았지? 놀라서 기풍을 본다) 어떻게…….
기풍	사기꾼이 어느 날 갑자기 나타나는 줄 알아? 알고 보면 죄 측근에 믿었던 것들이 등 뒤에서 칼을 꽂지.
남순	그 새끼 찾아서 손모가지라도 잘라버려야 내 죽어서도 구천을 안 떠돌지.
기풍	감빵 죄수들 사이에서도 인간취급 못 받는 게 도박꾼이랑 사기꾼이야. 친구 등이나 처먹는 놈은 어디 가서 똑같이 지도 당해.
남순	그러거나 말거나. 이젠 그냥 남편 생사나 알았으면 좋겠네.
기풍	그것 때문에 갈라섰어?
남순	전국 어디 기어들어가 죽은 듯이 살아도 빚쟁이들은 정말 귀신같이 알고 찾아 오드만요. 내가 버는 돈 족족 다 가져가는 건 괜찮은데, 죄 없는 자식들 월급까지 차압당할 처지가 되니 이러다간 다 죽게 생겼더라고. 어쩌겠어,

남남이 돼야 일단 자식들이라도 살리지. 인천에 중국 밀입국 도와주는 데가 있다고 알아보더니 그 뒤로 깜깜무소식…… (마신다)

기풍 고생 많았네…… 그렇다고 혼자가 편한 것도 아니야. 자네도 이제 알잖아. 나이 들어 혼자 사는 게 사는 건가? 생존이지.

남순 (기풍에게 와락 안기며) 나 원래 이런 얘기 안 하는데, 선생님 참 묘한 분이셔.

갑자기 안겨오는 남순 때문에 놀란 기풍, 당황해서 그만 떼어내려고 하면 그럴수록 남순이 더 꼭 끌어안는다.
그 모습이 기가 찬 만동, 보다 못해 부러 헛기침을 크게 하고 다가간다.

만동 에헴!

놀라서 떨어지는 두 사람.
남순, 만동을 발견하고 눈에 쌍심지를 켠다.

만동 (아랑곳 않고 다가와 앉으며) 신묘약이 사랑의 열매였구면!
기풍 그게 무슨 뚱딴지같은 소리야?
만동 (비아냥대며) 여기저기 사랑이 싹트는 게 눈이 부시다 못해 시려.

기풍	이 나이에 사랑은 무슨…….
만동	나이는 숫자, 마음이 진짜. 노래한 사람이 누군데?
기풍	노래랑 진짜도 구별 못해? 지금 이게 그렇게 보여?
만동	여기 얘기가 아니고 (테이블 툭툭 치더니) 김 씨.
남순	…… 훈장 선생?
만동	내가 지금 뭘 보고 왔는지 알아?

기풍과 남순, 영문을 몰라 만동을 본다.

| 만동 | 낮에 광화문 집회 마치고 거기서 나눠주는 빵이랑 우유 먹고 바로 동대문으로 갔지. 내 말했잖아. 돌봄의 집에서 커피 값 나눠준다고. 그거 받고 지하철역으로 가는데, 왜 4번 출구 뒤쪽에 여관 몰린 데 있지? 글쎄, 거기서 김 씨가 나오잖아. 웬 곱상-한 여자랑! 내 이름도 안 까먹었어. 평안여인숙. |

진심으로 놀란 기풍과 남순. 사이.

기풍	…… 잘못 봤겠지.
만동	잘못 봤으면 내가 여기 김 씨 있나, 확인하러 왔겠어? 봐, 없지?
기풍	아까 공원 산책 간다고……! (말문이 막힌다)
만동	의뭉스런 영감 같으니라고. 온갖 점잖은 척은 혼자 다

하더니.

남순   세상모를 일이네…… 월남전 훈장이랑 장기밖에 모를
         것 같은 양반이…….

기풍   ……. (여전히 충격이다)

만동   그래도 아직 해가 중천인데 김 씨가 여자랑 여관에서 나
         오는 걸 다 보고. 오래 사니까 정말 별 꼴을 다 보네. (재미
         있다는 듯) 흐흐, 내일 뭐라고 골려줄까? (여전히 얼어 있는 기
         풍에게) 어이? 왜 말이 없어?

기풍   어? 어…… 그래, 여자는 어떻게 생겼대?

만동   몰래 숨어서 보느라고 잘 못 봤어. 근데 멀리서 봐도 고
         와 보이더라고.

기풍   그러니 그 목석 같은 양반을 홀렸겠지.

남순   그 반대일 수도 있죠. 혹시 아나? 훈장 선생, 신묘약 먹
         고 여자들이 반해서 붙은 건지도 모르지.

기풍   (어이없다는 듯) 소문 갖고 소설을 쓰네.

그때 다시 멀리서 오토바이 소리가 들린다.
일순 긴장하는 세 사람. 사이. 오토바이 소리 멀어진다.

기풍   에이! 술맛 떨어지게 왜 자꾸 저 지랄이야?

남순   (달래듯) 저건 그냥 짜장면 배달 소리고.

기풍   그걸 어떻게 알아?

남순   (아양 떨며) 뒤에 빠라바라빠라밤 소리가 안 났잖아요.

기풍   (피식 웃으며) 슬슬 집에나 가야겠다. (지갑에서 만 원 지폐 한 장을 꺼내 테이블에 올려놓고 자리에서 일어나며) 이젠 월남전 말고 얘기할 게 하나 생겨서 다행이네. 듣기 지겨워 죽겠는데 잘됐어. (남순과 만동을 보지 않고 나가며) 두 사람도 이제 그만 화해하시고.

　

　　　기풍의 나가는 뒷모습이 어찌 쓸쓸해 보인다.
　　　테이블에 덩그러니 남은 만동과 남순, 서로 눈 마주치자 고개를 홱 돌린다.
　　　사이.
　　　만동, 기풍이 남긴 막걸리를 마시려고 잔을 보니 비어 있다.
　　　곧바로 가게 안으로 들어가 막걸리 두 병을 갖고 나온다.
　　　자신의 잔에 따르고 한 모금 마시다가, 여전히 고개 돌리고 앉아 있는 남순에게도 한 잔 따라준다. 남순, 알면서 못 본 체한다.

　

만동   (술 따르며 빈정대는 말투로) 교태부리는 모양이 양귀비도 울고 가겠어.

남순   저 양반은 누구랑 달라서 내 커피 매출도 쭉쭉 올려주고, 술도 밥도 척척 사더라고. 그러니 없던 애교도 막 나오지.

만동   쳇⋯⋯ (한 모금 마시고 기풍이 나간 쪽을 보며) 지금 꽤나 배알이 꼴려 있을 거야.

남순   (무슨 뜻인가 보면)?

만동 나이만 먹었지, 속엔 헛바람만 빵빵해서 자기가 제일 잘나야 직성이 풀리지. 한때 좀 잘나갔던 딴따라였던 모양인데, 여기 모인 노인네들 왕년에 대통령 빼고 다 해본 양반들이야.

남순 하긴, 옛날에 뭘 했던 여기 오면 다 똑같지 뭐.

만동 그 말, 저 한량이 앞에서 해봐. 국물 한 방울도 없어. 지가 제일 멋있고 잘났지…… (고소하다는 듯) 근데 그 꼬장꼬장한 꼰대가 예쁜 여자랑 여관 드나들었겠다, 눈치 없이 신묘약으로 약까지 올렸는데 저 허풍쟁이 속이 편할 리 있어?

남순 난 그런 뜻으로 한 말 아닌데…… 게다가 저 양반 애인 있다고 하지 않았어?

만동 (콧방귀 뀌며) 그걸 어떻게 알아? 애인 있다는 놈이 허구한 날 종로 장기판에 붙어 있어?

남순 그래도 정 많고 좋은 사람이던데…….

만동 술 몇 잔에 아주 넘어갔구먼.

남순 아무렴. 좀팽이보다 허풍쟁이가 차라리 낫지, 이렇게 술도 사주고.

만동 뭐야? 자꾸 좀팽이, 좀팽이 할 거야? 이 납…….

남순 (말 자르고 드세게) 납작만두라고 하기만 해. 이 술을 확!

만동 (순간 겁먹고 꼬리 내리며) …… 거, 말만 좀 곱게 해도 더 예뻐 보일 텐데…….

남순 (생각지 못한 만동의 말에 당황해서) 자, 자다가 보, 봉창 두드리는 소리는…….

만동 (남순을 지긋이 보다가) 정말이야. 거짓말 아니라고.

남순 흥! 그런다고 내가 대실비 내줄까봐?

만동 좋게 말을 하면 그냥 좀 좋게 들어. 비꼬지 말고…… 그래, 자식들도 연락이 안 돼?

남순 (!) 엿듣기는…….

만동 들렸어. 목소리가 좀 커야지…… (마시고) 자식들 연락이 돼도 혼자 사는 건 마찬가지야. 가족이란 그저 멀리 떨어져 살면서 가끔 안부나 주고받으며 사는 게 최고지. 또 혼자 살아야 연금도 받을 수 있지 않나.

남순 누가 몰라? 그냥 불쌍해서 그러지. 부모 잘못 만나 이날 이때껏 고생만 하고 사니……. (술잔 쭉 들이킨다)

만동 (동질감에 술잔을 채워주며) 우리 잘못 아니야…… 아닐 거야…… 나도 평생 밭에서 공장에서 오줌 참아가며 뭐 빠지게 일했어. 자네나 나나 할 만큼 했다고.

사이.
공감대가 형성된 것 같은 두 사람, 술을 주거니 받거니 한다.
그러다가 남순, 기풍이 놓고 간 돈 만원과 그 뒤 추가로 시킨 술병을 쓱 훑어본다.

남순 4천 원.

만동 뭐?

남순 저 양반 가고 나서 막걸리 두 병 더 시켰잖아.

만동 (바로 현실로 돌아와) 근데 왜 4천 원이야? 둘이 마셨잖아. 2천 원씩 하면 되겠네.

남순 (또 시작이다! 싶은 얼굴로) 내가 시켰어? 그쪽이 멋대로 두 병 갖고 왔잖아.

만동 어쨌든 같이 마셨잖아. 게다가 난 여기 안주 손도 안 댔어! (빈 안주 그릇 보며) 국물 한 방울 안 남기고 야무지게도 먹었네.

남순 그럼 아까운 음식을 남겨? 버려?

만동 그 한량이는 배 나온다고 안주 안 먹는 거 내가 다 아는데, 이거 다 당신이 먹은 거잖아. 제발 양심 좀 있어봐라.

남순 내가 뭘 얼마나 처먹든 그건 이미 (만원 지폐를 들어 보이며) 그 양반이 계산했고! 나, 이 가게 매출에서 떨어지는 부스러기로 먹고 사는 인생이야. 그런 나한테 술값을 내라고? 그러니까 좀팽이 소리를 듣지!

만동 그놈의 좀팽이 소리 그만 하라니까! …… 그럼 3천 원. 됐지? (막걸리 반쯤 남은 술병을 흔들어 보이며) 아직 반 남았잖아. 이건 반품!

남순 …… 장난하냐?

만동 (언성 높이며) 아, 이걸 안주도 없이 뭐하고 마셔?!

남순, 한심하다는 듯 한숨 쉬고 술집 안으로 들어간다.

잠시 후 주황색 바가지 한가득 강냉이를 담아 나온다.

남순   (테이블에 탁 놓으며) 됐냐?

엄청난 양의 강냉이에 놀라는 만동.

암전.

9.

해질녘 종묘공원 일대.

함께 걷고 있다고 하기엔 뭔가 어색한 주식과 말자.

말자가 몇 발 앞서 걷고 그 뒤로 주식이 천천히 따라온다.

말자, 뒤따라오는 주식이 자꾸 신경 쓰인다.

말자   (걸음을 멈추고 주식에게) …… 왜 이쪽으로 오셔요?

주식   그럼 어디로 가야 하는데?

말자   보통 나오면 제 갈 길 가잖아요. 근데 계속 저 가는 쪽으로 오시니…….

주식   자네, 나랑 오늘 한 번만 보고 말 건가?

말자   네?

주식   자네도 내가 필요 없지는 않을 테고, 나도 자네가 필요할 것 같으니 이참에 통성명이나 하지.

말자   이름을 알아 뭐 하겠어요…… 여긴 어제 봤어도 오늘 처음 본 사이고, 오늘 봐도 내일 다시 처음 보는 사이가 되는 곳인데.

주식   …… 그럼 내일 다시 새로 만나면 되겠군.

말자   한 곳에 매일 못 가요. 단속이 심해서…….

주식   낙원상가 아래 공원 돌담길 알지? 오면 바로 알 거야. 장기판 벌어지는 데. 내 항상 거기 있어. 거긴 하루 지나다

82

니는 사람만 수백, 수천이야. 누가 왔다 가는지도 몰라.

말자 ······.

주식 아침부터 해 떨어지기 전까진 쭉 있으니까 생각나면 오라고.

말자 거긴 남자들이 너무 많아서 좀 무서워요······.

주식 무서울 게 뭐가 있어? 내가 있는데.

말자 (쿡, 웃음이 난다. 싫지 않다) 네······.

주식 노인네들 귀가 어두워서 목소리만 크지 다들 여려. 나랑 같이 장기 두는 치들도 다 정 많고 유쾌해. 가끔 와서 국밥이라도 따끈하게 같이 먹자고.

말자 네, 알겠어요······ 오늘 고마웠어요.

주식 아쉬운 사람끼리 서로 돕고 사는 게 여기 상도라며. 고마울 것 없어.

말자 그럼 전 이만 다른 길로 갈 테니 선생님은 가시려던 길로 가셔요.

말자, 고개 숙여 인사한다.

주식, 뭔가 아쉽지만 더 말 못하고 사라진다.

말자, 주식이 나간 쪽을 한동안 보다가 피식, 웃는다.

말자 꼴에 멋있는 척은······ 그래도 돈은 잘 줘서 좋네.

근처 벤치에 앉아 일수를 세어보는 말자.

주식 덕에 신사임당 지폐도 있다.

신사임당 지폐를 높이 들어 보는 말자, 5만 원권이 정말 내 손에 있다니…….

그러다 곧 행인들을 의식하고 서둘러 5만 원권을 호주머니 안에 꼭꼭 넣어두고, 천원 권 여러 장을 세어본다. 그러다 문득,

말자　나도 참 답 없는 년이다. 나 좋다는 영감, 있을 때 확 낚아채야 하는데…… 뭐, 그래도 다음엔 가족모임 데려간다고 했으니 조금만 더 기다려 보자. (돈 세다 말고) 근데 참 오랜만이다…… 남자한테 이렇게 안절부절 못하는 마음…… 다 늙어서 이게 웬 주책이래? 히히, 그래도 좋은 걸 어떡해…… (사이. 혼자 뭔가 생각하다 웃으며) 이렇게 마음이 어려지는데 신묘약까지 먹으면 몸도 확 어려지는 거 아냐?! 아아~

혼자 상상하며 히죽히죽 웃고 있는데 투덜거리며 남순이 다가온다. 말자 옆에 앉아서 인사도 하지 않고 제 말만 하는 남순.

남순　(앉자마자 크로스백에서 돈을 꺼내 일수를 계산하며) 참나…… 내 75년 평생 살면서 먹다만 막걸리 반품하겠다는 노랭이 좀팽이 시발놈은 처음 보네.

말자　그게 무슨 소리야? 뭘 반품해?

남순　뭐가 좋아서 혼자 미친년처럼 히죽히죽 웃고 있어?

말자	아아, 그냥…… (남순 쪽으로 코를 킁킁대며) 이게 무슨 냄새야? 웬 술을 이리 마셨어?
남순	그렇게 돈 아까워서 숨은 어떻게 쉬고 살아? 요즘 세상, 숨만 쉬어도 돈 나가는데. (말자에게) 내 일전에 국밥 한번 사겠다고 했지? 가자.
말자	지금?
남순	밥 때 됐잖아. 가서 해장 좀 해야겠어. 얼마 마시진 않았는데 막판에 심사가 뒤틀리니까 속까지 뒤집어졌어.
말자	술 냄새에 기름 쩐 내에 홀애비 냄새까지…… (코를 막으며) 어후! 그러니까 거기 가지 말랬잖아.
남순	가자니까.
말자	방금 먹고 오는 길 아냐? 나이 들어도 여자는 가꿔야지. 술 그렇게 먹었으면 됐지, 밥까지 먹으려고?
남순	미친년! 너도 막판에 강냉이 한-바가지에 막걸리 들이켜 봐. 속이 남아날 것 같애?
말자	그 덕에 오늘 일수는 좀 괜찮았겠네. 그럼 됐지.
남순	그러니까 너도 장기판으로 넘어오라니까?
말자	냄새 나서 싫어…….
남순	여태 정신 못 차렸네. 그리고 냄새, 냄새 하지 말어. 너는 냄새 안 나는 줄 알아?
말자	(놀라며) 내가? (자신의 몸 여기저기를 킁킁댄다)
남순	나이 들면 다- 나. 너라고 별 수 있나? 하루 종일 믹스커피랑 술 먹고, 담배 피고 밥 먹고, 밖이라 이도 잘 못 닦

는데 입 냄새 나지. 안 그래도 날 더워서 땀나는데 지독한 향수까지 섞이니 그게 그럼 꽃향기겠어?

말자 (충격이 크다) …… 나 껌 자주 씹는단 말이야…… 그런데도 나?

남순 나! 너만 나는 게 아니라 여기 낙원상가 아래부터 저어기 동묘까지 냄새 안 나는 노인 있으면 내 손모가지를 걸어. (여전히 충격에 빠진 말자를 보고) 당연한 것 갖고 왜 충격은 먹고 그래?

말자 …… (힘겹게 입을 열며) 그래도…… 거긴 싫어…… 홀애비 냄새에 노숙자 냄새에 비둘기 냄새에 쓰레기 냄새에…… 꼭 송장 냄새 같잖아…….

남순 (짜증내며) 아, 싫음 관둬! 돈 벌게 해준대도 지랄이야. (말자를 보고 비난하듯) 아직 배가 불러서 이래…… 사람이 절벽으로 몰려 봐. 돈이 되면 시궁창에서 헤엄이라도 치지. 한가하게 냄새 타령이나 할 수 있을 것 같애? (자신의 독한 말투가 미안해져 한결 누그러뜨리며) …… 처음만 어렵지 겁먹을 것 없어. 거긴 아직 여자들도 별로 없고, 내가 매일같이 다녀도 그 영감들 몰라. 뭐, 모르는 척 해주는 거겠지만 내가 알 게 뭐야. 그리고 밖에서 먹는 것도 아니고, 다들 가게 안에서 차 마시고 술 마시고 밥 먹고 그래. 힘들게 밖에 돌아다니지 말고, 가끔 가게 앉아서 사주는 거 받아먹으면서 일수 걷는 것도 나쁘지 않아.

말자 이 종로 바닥에서 나 생각해주는 사람은 너밖에 없네.

아니다. (씩 웃으며) 한 명 더 있구나.

남순 누구?

말자 (대답대신 미소만 가득하다) …….

남순 (생각났다는 듯) 아! 그 사천백 원? (이내 어이없는) 아직도 뜬
구름 속에 있었구먼. 그러니 냄새 나네, 무섭네, 정신 나
간 소릴 씨부리지.

말자 뜬구름 아니야. (눈 반짝이며) 다음 가족 모임 땐 나도 같이
만나기로 했어.

남순 그게 언젠데?

말자 (대답을 못한다) …….

남순 (그럼 그렇지, 하는 표정으로) 그러니 뜬구름이지. 정확한 날짜
박아준 것도 아니잖아. 날짜 박아줘도 모르는 거야, 직접
만나기 전까진.

말자 설마 거짓말일까. 정인을 품으니까 몸도 젊어지는 기분
이야. 마치 그 신묘약 먹은 것처럼…… 진짜 구할 수 있
음 좋을 텐데…….

남순 참나…… 그놈의 설마가 사람 잡고 등 처먹고 자빠트리
지. 신묘약이 사람 여럿 버려 놨네.

말자 (남순의 충고가 귀에 안 들린다) 이참에 나 진짜 개명하려고.

남순 (기가 찬다) 미친년…….

말자 나 젊었을 적에 방물장사했잖아. 그때 내 얼굴 보고 화
장품 사는 사람 많았다? 나중에 다방 할 때도 내 얼굴 보
고 오는 사람도 많았고…… 그때 그 사람들이 하나같이

나더러 영화배우 '문희' 닮았대. 남은 생은 진짜 문희로
살아보려고. 이말자가 아닌 이문희로…… 어때?

남순 내 입에서 좋은 소리 나올 것 같애? 남은 생, 그냥 살던
대로 살다 가기도 힘들어.

말자 너무 그러지 마.

남순 사천백 원이 너한테 재혼하자고 딱 말로 하든? 안 했지?
매일같이 만나는 사이도 아니지? 하긴, 매일 만나 연애
하고 살 비벼대고 있었으면 니가 지금 여기 안 있지. 답
답하다…… 니 인생 니 거니까 니 맘대로 하는데, 요거
하나만 알아 둬. 우리 같은 여자한텐 자꾸 그럴싸한 여
지만 주고 아무 것도 안 하는 놈팽이보다 먹다 남은 막
걸리도 정떨어지게 계산하는 좀팽이가 차라리 나아. (일
어나며) 난 국밥 먹자고 했는데 니가 안 먹는다고 했다?
나중에 딴 소리 마.

남순, 사라진다.
홀로 앉아 있는 말자, 스스로에게 물어본다.
"이거…… 사랑일까, 외로움일까……"
차중락의 '사랑의 종말'이 흐르는 가운데 날이 저무는 종묘공원.
사이.
서서히 무대의 조명이 말자가 앉은 자리로 몰린다.
말자, 핸드백에서 거울을 꺼내 정성스레 화장과 머리를 고친다. 점
점 짙어지는 화장.

그러는 동안 무대 한쪽에선 가쁜 호흡으로 힘들게 색소폰을 연주하는 기풍.

기풍이 연주하는 동안 다른 한편에서 제복차림으로 제식훈련을 한다고는 하지만 기합이 전혀 들어 있지 않고 어설픈 주식.

세 사람의 음향이 복잡하게 섞이는 가운데 오토바이 소리 들려온다.

이내 워너원의 '나야 나' 음악이 무대 전체 오버랩된다.

오늘 밤 주인공은 나야 나 나야 나

너만을 기다려온 나야 나 나야 나

네 맘을 훔칠 사람 나야 나 나야 나

마지막 단 한 사람 나야 나 나야 나

신묘약을 갈구하는 세 사람의 처절한 절규가 '나야 나'에 묻혀 들리지 않는다.

어느새 음악이 사그라지고 오토바이도 멀리 떠나는 소리.

허탈과 분노에 절규하는 말자, 기풍, 주식.

말자   내가 그 약 먹고 사기라도 친대? 남은 인생 새 이름 갖고 다시 출발해보려는 게 가져서는 안 될 마음이야? 평생을 냄새 나는 길바닥에서 그만큼 살았으면 됐지, 정착 좀 해보겠다는데, 그게 그렇게 아니꼬워?!

기풍   나한테 가족이 있어, 뭐가 있어? (색소폰을 들어 보이며) 이 거밖에 더 있어? 이 하나로 고생고생하며 76년 살아왔으니, 죽기 전에 제대로 연주하고 가겠다고! 그거 하나라도 하고 가야 내 인생에 말할 게 남지, 안 그래?

주식 나라를 위해 전장에 목숨 내놓았고, 가족을 위해 사회에 간도 쓸개도 다 내놓고 평생을 살았소. 남은 생은 이제 날 위해서 살아도 되지 않소? 아니오? 남은 시간이 얼마 없으니 좀 젊어져 살겠다는데 그게 그리 안 될 일인가?

왠지 너무 억울하고 허망한 세 사람 머리 위의 조명, 암전.

10.

탑골공원 돌담 아래 장기판 일대.

여느 때처럼 마주앉아 장기를 두고 있는 기풍과 주식, 전과 달리

맥이 빠진 모습이다. 힘없이 말없이 탁, 탁 장기 알만 놓고 있다.

잠시 후 잰걸음으로 다가와 가운데 쭈그리고 앉는 만동.

어제와 달리 기운 빠진 기풍과 주식의 모습이 다소 당황스러운

만동.

만동 (두 사람의 눈치를 살피며) 오늘 어째 쎄- 하네? 무슨 일 있어?

주식 무슨 일은…….

만동 아니 어제까지만 해도 쌩쌩하던 양반들이 바람 빠진 것

　　　　마냥 쎄애 ― 하니까 이상하잖어. 왜들 그래?

기풍과 주식, 대답 없이 장기판만 보고 있다.

뭔가 답답한 분위기를 바꿔보려는 만동.

만동 (기풍에게 높은 톤으로) 오늘은 왜 라디오 안 틀어?

기풍 (대답이 없이 장기만 둔다) …….

만동 (무안해서 혼잣말로) 라디오를 두고 왔나? 그럼 내가 불러주

　　　　지! 나이는 숫자, 마음이 진짜, 가슴이 뛰는 대로 가면 돼~

주식 아, 시끄러워!

만동   둘이 또 싸웠어?

기풍   언제 우리가 싸웠다고…….

만동   …… 뉴스 봤구나.

기풍과 주식, '이건 무슨 소린가' 싶어 만동을 본다.

만동   뭐야? 그것도 아니야?

기풍   무슨 뉴스?

만동   못 들었어?

기,주   …….

만동   방금 원각사급식소에서 밥 먹다가…… 박 씨, 한 달 만에 발견됐대…… 방세 밀려 주인이 찾아갔다가…….

얼어버린 기풍과 주식.

사이.

무거운 공기 가운데 나지막이 훌쩍이는 기풍, 손바닥으로 눈을 가리는 주식.

그들 가운데서 이러지도 저러지도 못하는 만동.

그때 상황 모르고 여느 때처럼 나타난 남순.

남순   (손부채질 하며 다가오면서) 아유, 더워…… 입추도 지나고 처서도 지났는데 시원해질 기미가 안 보이네. 안 그래요? (기풍, 주식에게) 밥 때도 지났겠다, 커피 한잔씩들 하서야지.

반응 없는 기풍과 주식이 당황스러운 남순.

남순   커피…… 싫으면 쌍화차?

만동   (재빨리 일어나 남순을 몰고 나가며) 쌍화차 같은 소리하고 있네. 가, 가자고.

남순   (뿌리치며) 이거 왜 이래?

만동   아, 글쎄 가자니까. 내가 사줄 테니 가자고.

만동, 남순을 거의 끌고 가다시피 데리고 서둘러 나간다.
못 박힌 듯 가만히 마주 앉아 아무 말이 없는 기풍과 주식.
사이.

기풍   차라리 발견되지나 말지…… 그냥 조선팔도 콜라텍 쑤시고 다니는 걸로 있어 주지…… 신묘약 먹고! 회춘해서 여러 여자 안고 사는 걸로 남아 주지…….

주식   …… 죽을 거면 그냥 광화문 한복판에서 콱 죽어버리지…… 한 달이 넘도록 발견 안 되게 혼자 죽긴 왜 죽어…….

기풍   야속한 사람…… 참 야속한 사람…….

주식   그러게 내 뭐랬어…… 눈에 안 보이면 잊어야 한다고 그랬잖아…… 아, 뭐해? 장기 두는 사람 어디 갔어?

기풍　　내 차례 아니야······.

주식　　언제 또······ (사이) 아, 라디오 좀 틀어.

기풍　　정신 사납다고 끄라고 할 땐 언제고.

기풍, 호주머니에서 라디오를 꺼내 음악을 튼다.

'아모르파티' 흐른다.

다시금 묵묵히 장기를 두는 두 사람.

조명이 두 사람에게로 서서히 조여 오며 암전.

잠시 후, 무대 한쪽에 조명이 들어오면 혼자 서 있는 남순.

곧 이어 테이크아웃 커피를 든 만동이 다가온다.

만동　　사람이 눈치가 있어야 절에 가서도 새우젓을 얻어먹지.

　　　　　(커피를 건네며) 자. 나니까 이렇게 커피도 사주는 거야.

남순　　(커피 받는데 입 댄 흔적이 있다) 뭐야?

만동　　오면서 딱 한 모금 마셨어. 딱! 한 모금. 맛이 궁금해서.

남순　　그럼 그렇지. 먹다 만 술을 반품한다 하지 않나, 먹다 만

　　　　　커피를 주지 않나······.

만동　　(뺏으려 들며) 싫으면 관둬.

남순　　누가 싫대? 근데 저 양반들 왜 저래?

만동　　오늘 발견됐어. 박 씨가 한 달 전에 죽은 게.

남순, 순간 팔다리에 힘이 풀려 비틀한다.

만동이 재빨리 잡아준다.

만동 이 비싼 커피 엎지르면 어쩌려고!

남순 …… 신묘약 먹고 딴 세상에서 사나 보다 했는데…… 그냥 딴 세상으로 갔어…… 하…….

만동 충격 받을 거 뭐 있어. 언제 가도 이상할 거 없는 나인데, 뭐.

남순 하긴…… 눈 떠지면 여기 있는 거고, 안 떠지면 저어기 있는 거지…… (커피 한 모금 마시더니) 큭! 뭐가 이렇게 달아? 노랑이보다 더 다네. 바로 당뇨 오겠어. 뭐 이런 걸 마셔?

만동 무식하긴…… 이게 그 (잠시 생각하다가) '카라멜 마토아끼'라는 커피야. 젊은 사람들 사이에선 왔다래. 나이 드는 것도 서러운데 커피라도 젊게 마시라고.

남순 (은근 감동이다) 하여간 말은…….

만동 커피 샀으니까 이따 밥은 그쪽이 사.

남순 (그럼 그렇지…… 하는 얼굴로) 야! 니가 이러니까 좀팽이 소리를 계속 듣는 거야. 꼴랑 커피 한 잔 사고 밥을 사달라고?

만동 꼴랑? 이 커피 한 잔이 얼만 줄이나 알아? 이게 국밥 근세 그릇 값이라고, 5천6백 원!

남순 (놀라며) 미쳤다, 미쳤어…… 같이 놀던 영감이 죽으니까 니가 미쳤구나? (아내처럼 잔소리하듯 등짝을 찰싹찰싹 때리며) 정신 나갔어. 정신 나갔어. 그래, 5천6백 원이나 주고 커피가 사지디, 사져?

만동 아, 아파!

계속 때리는 남순을 제지하려던 만동, 엉겁결에 남순의 손을 잡는다.

순간 당황해서 서로 떨어지는 두 사람. 짧은 사이.

만동 (괜히 헛기침하고) 밥 사면 술값은 내가 내지…… 대실비도.

남순 (만동을 보고) …… 미친놈.

암전.

사이.

엷은 조명이 무대 한구석에 서 있는 말자를 비춘다.

말자, 상당히 긴장한 듯 보이고, 뭔가 주저하는 것도 같다.

잠시 후, 결심에 찬 표정으로 바뀌며 무대 중앙을 향해 걸어가려 한다.

그때 무대 중앙에 마주 앉아 장기를 두고 있는 기풍과 주식.

기풍이 등을 지고 앉아 있어 기풍과 말자, 서로 의식하지 못한다.

주뼛주뼛 다가오는 말자를 발견한 주식. 놀랍고 반가운 마음에 일어난다.

기풍, 갑자기 일어난 주식을 영문 모르고 올려다보다가, 주식의 시선을 따라 등을 돌린다.

암전.

11. 혹은 다시 1

여전히 탑골공원 돌담 아래 장기판 일대.

1장과 똑같은 무대, 조명, 음향, 설정, 배우…….

음악만 김연자의 '아모르파티'로 바뀌어 있다.

기풍　(따라 부르며) 말해 뭐해 쏜 화살처럼 사랑도 지나갔지만

만동　(옆에서 같이 나눠부르며) 그 추억들 눈이 부시면서도 슬펐던 행복이여.

기·만　나이는 숫자 마음이 진짜 가슴이 뛰는 대로 가면 돼 이제는 더 이상 슬픔이여 안녕 왔다갈 한 번의 인생 아…….

주식　(짜증을 내며) 안 꺼? 정신 사나워!

기풍　끄랬다가 켜랬다가…… 저 변덕을 어떻게 맞춰?

만동　같이 부르면 좀 좋아?

주식　음악을 들어도 꼭 그런…….

기풍　아니 이게 어때서? (만동에게) 안 그래?

만동　(기풍의 기분에 맞추며) 그럼, 그럼, 얼마나 좋아. 신나고.

주식　(만동에게 핀잔하는 투로) 얼씨구. (한 수 둔다)

기풍　(받으며 주식을 약 올리듯) 절씨구.

주식　(장기판 보고 인상 쓰며) 허, 그 참…….

음악이 흐르는 가운데 계속 장기를 두고 있는 기풍과 주식, 구경하는 만동.

조명이 옅어지면서 한쪽 무대에선 호객행위를 하고 있는 새빨간 입술의 말자와 남순.

"저기, 나랑 연애하고 갈래요?"

"날도 좋은데 커피라도 한 잔 해요."

"젊은 오빠, 인터넷 보고 왔어? 이모랑 놀러갈까?"

"선생님 우리 전에 본 적 있지 않아요? 날도 더운데 기운 나게 (박카스 보이며) 한 병 드세요."

둘 다 손님이 걸려들지 않는다.

잠시 후 말자 곁에 남순이 다가간다.

남순　니미, 오늘 왜 이리 안 되냐…… (담배 입에 문다)

말자　잘 되는 날도 있고 안 되는 날도 있는 거지. 안 될 때마다 피면 벌써 골초 됐게?

남순　골초는 무슨…… 이미 골로 갔지. (불을 붙이려 한다)

말자　걸리면 10만 원이야. 입 냄새는 어쩔 거고?

남순　(마지못해 담배 도로 넣고) 니미, 내 나이에 이거 하나 내 맘대로 못 피고.

말자　이따 저녁에 국밥에 소주나 한잔 하자.

남순　어쩐 일이야? 나이 들어도 관리해야 한다는 년이.

말자   시발, 인생 뭐 있냐. 지금 좋은 거 하고 살아도 시간 없 는데.

남순   맞다. (말자를 잠시 보더니) 뜬구름 걷히니 얼굴이 더 늙었네.

말자   쌍년. 그냥 지금 마시러 가자.

호기롭게 잔술집으로 향하는 말자와 남순.

도심의 소음과 무대 위의 음악이 극장 가득 섞인다.

잔술집 앞 테이블에서 소주 마시는 말자와 남순.

여전히 무대 중앙 장기판에서 장기를 두고 있는 기풍과 주식, 구경 하는 만동.

그렇게 종로 일대의 어제는 오늘은, 그리고 내일은 반복되고 있다.

막.

한국 희곡 명작선 36
낙원상가

초판 1쇄 인쇄일   2021년 1월 10일
초판 1쇄 발행일   2021년 1월 20일

지 은 이   정상미
만 든 이   이정옥
만 든 곳   평민사
             서울시 은평구 수색로 340 〈202호〉
             전화 : 02) 375-8571
             팩스 : 02) 375-8573
             http://blog.naver.com/pyung1976
             이메일 pyung1976@naver.com
등록번호   25100-2015-000102호
ISBN   978-89-7115-734-3 03800
             978-89-7115-663-6 (set)
정   가   8,000원